Warten auf Grün

Kurzgeschichten

AF206033

Lisett Erden

Warten auf Grün

Kurzgeschichten

Bibliografische Information der Deutschen Nationalbibliothek: Die Deutsche Nationalbibliothek verzeichnet diese Publikation in der Deutschen Nationalbibliografie; detaillierte bibliografische Daten sind im Internet über http://dnb.dnb.de abrufbar.

Herstellung und Verlag: BoD – Books on Demand, Norderstedt
ISBN: 978-3-7504-0236-2

I n h a l t

Warten auf Grün

… auf der Suche nach den Bonbons der gutsituierten Gesellschaft

Um zehn Uhr hatte sie einen Termin bei ihrer Ärztin. An der Kreuzung in der Innenstadt gebot ihr das Rot der Ampel Halt. Der Bürgersteig war dort ziemlich schmal, sodass man sich auf den Bordstein stellen musste, um hinter sich die Passanten durchzulassen. Weil sie aber leicht schwindelig war, ein paar Wochen schon (ein Grund auch, zur Ärztin zu gehen), stellte sie sich eng an die Hauswand, neben drei Treppenstufen, um von dem Zugwind vorbeibrausender Autos, tolle Wagen dabei auf der Straße des Wohlstands, nicht mitgerissen zu werden.

Auf der Treppe und längs des Hauses knäuelte sich eine Gruppe junger Männer und Frauen. Sie schwatzten miteinander, rauchten, bearbeiteten ihre Handys, ohne auf den Verkehr zu achten. Fußgänger mussten sich ihren Weg hindurch bahnen.

Seit einigen Wochen war der ehemalige Blumenladen an der Ecke hie und da belegt. Wo vorher üppige Grünpflanzen das Schaufenster füllten, lagen nun bunte Kissen und ließen rätseln, was darin wohl vor sich ginge. Neugierige Augen konnten durch die mittlerweile mit einer grauweißen Folie halb abgeklebten Fenster nichts entdecken. Das also war's. Junge Leute kamen hier zusammen. Dem schlunzigen Aussehen nach nicht aus wohlhabendem Zuhause. Eher „Loser" auf der Suche nach Beruf, geregeltem Einkommen, Wohnung, einer Beziehung und Teilhabe an den Bonbons der gutsituierten Gesellschaft. Versammelt zu einer Fortbildung? Zu einer Beratung? Jedenfalls schienen sie gut gelaunt und vertraten sich in der Pause die Beine.

„He, Mama!", rief jemand zu ihr herüber. Die Stimme rauchte geradezu. Überrascht sah sie den Jüngling mit blondem Kurzhaarschnitt en vogue, gepierct am Ohr, an. Ihrer forschenden Musterung hielt er frech stand, um ihre Reaktion abzuschätzen. Was mag ihn dazu bewegen, sie so blöd anzumachen? Will er Frust ablassen an einer vermeintlich gutbürgerlichen Passantin, vor seinen Kumpanen protzen, Aufmerksamkeit erregen, die er gerade braucht? Bevor sie sich weiteren Spekulationen hingab mit den berühmten Fragen wer, warum, wozu, erwiderte sie aus dem Bauch heraus, ein wenig flapsig:

„He, Junge!" Verdutzt trat er näher. Es hatte ihm kurz die Sprache verschlagen. Dann lachte er, fixierte sie interessiert. Wild aber zähmbar kam er ihr vor, wie ein Schlittenhund aus dem Norden mit stahlblauen Augen im Husky-Gesicht, dem man zum Einspannen das erste Training verpasst hatte. Sie muss den kleinen Wortwechsel weiterführen, die Lage weiter entschärfen, bevor sie doch noch eskaliert, ihm artgerecht entgegnen.

„Eigentlich hätten Sie mich Großmutter nennen können. Ich habe einen Enkel von zwanzig Jahren."

„Oh, dann war das 'Mama' ja ein Kompliment!" Da war sie, seine Menschenfreundlichkeit, die einen anhänglichen Akzent hatte.

„Ja, Dankeschön."

„Könnten Sie sich m i c h als Ihren Enkel vorstellen?" Die Ampel schaltete um auf Gelb.

„Ja warum nicht! Enkel sind, wie sie sind. Also sie annehmen, wie sie sind." (Was Besseres fiel ihr nicht ein.)

„Wirklich?", antwortete er ungläubig. „Aber ich bin schon fünfunddreißig."

„Sie sehen jünger aus. - Was tut ihr denn hier?"

„Wir machen einen vom Jobcenter angebotenen Kreativkurs."

Aha, wie sie vermutet hatte, junge Leute ohne Ausbildung oder ohne Job und Geld, vor der Ampel des Lebens auf das elende Habenichts-Rot festgenagelt, mit der Sehnsucht nach Arbeitsgrün, um auf sicherem Zebrastreifen vorwärts zu schreiten.

„Oh, dann viel Erfolg!" Die Ampel schlug um.

„Ich muss gehen. Auch für Sie bald grünes Licht. Tschüss!" Zum schnellen Abschied drehte sie den Daumen nach oben und überquerte die Straße.

Er schaute ihr nach.

Elf alte Damen

… und ein Freudenherzinfarkt so vermieden werden konnte

Sie wurde neunzig, ihre Geographie- und Biologielehrerin Frau Maria Vonhoff. Die restlichen geliebten und ungeliebten Lehrer waren alle schon verstorben, auch im hohen Alter, was auf brave, angepasste Schüler und Eltern zurückschließen lässt. Jedenfalls war nicht bekannt, dass jemand von den Pädagogen wegen Burnout vorzeitig in den Ruhestand getreten wäre. Damals, vor ein paar Jahrzehnten.

Alljährlich war Frau Vonhoff zu ihrem Klassentreffen gekommen, ganz gleich wo es stattgefunden hatte. Es wurde immer am Wohnort einer Klassenkameradin ausgetragen. Diese hatte dann dort das Sagen, leitete abwechslungsreich durch das Dreitageprogramm, meistens zur Zufriedenheit aller. Man konnte bescheinigen, sie waren eine Klasse gewesen, in welche die Direktoren, Oberstudienräte und Studienräte gerne hineingingen und unangestrengt wieder hinaus schritten. Ebenfalls war sie gerne gesehen beim Hausmeister, den Putzfrauen, der Sekretärin. Ein Nimbus des blütenweißen Pflegeleichten umgab sie. Dafür war sie bekannt und erntete von den anderen Klassen zuweilen Spott: die Langweiler, Paukerliebchen, Neunmalklugen, die nie pfuschen bei Klassenarbeiten und ohne Tadel zum Abitur eilen.

Frau Vonhoff hatte das nie gestört. Sie mochte die kleine Klasse - in der Oberstufe nur noch dreizehn Schülerinnen - und hegte einen familiären Umgang mit ihren „Kindern". Wer persönlich Hilfe brauchte, fand in ihr Beistand. Unaufdringlich förderte sie alle in ihrem Streben, eine gute Bildung zu bekommen. Nur fünfzehn Jahre älter, verheiratet, ohne eigenen Nachwuchs, versprühte sie in ihrem sanguinischen Temperament jugendliche Fröhlichkeit, Witz und Humor. Wenn sie in ihrem weiß blau gepunkteten Glockenrock zur Tür rein kugelte - sie neigte zur Molligkeit - hob sich die Stimmung nach trockenen Übungen in Latein und Mathe. Schick gebürstet ihr blondes Haar, umwerfend die weiß gerandete Sonnenbrille und beringt die kleinen, kräftigen Hände. Ihr Berliner Zungenschlag vermischte sich dann mit dem des Dialekts der Schüler zu einer interessanten, knisternden Lautmischung. Brisanten Lehrstoff brachte sie mit in ihren großen Taschen, Schul-, Hand- und Einkaufstaschen. Unter anderem klärte sie, nach heutigen Maßstäben spät aber immerhin doch noch, die pubertären Schülerinnen über Zeugung, Verhütung, etc. auf.

Nun war sie neunzig und kurvte immer noch mit ihrem großen Wagen durch die Gegend. Sogar die weite Strecke in ihre Heimat vor kurzem hatte sie nicht gescheut. Zum diesjährigen Treffen aber konnte sie vor Ort bleiben. Die Klasse wollte sich einmal wieder an ihrem Heimat-und Schulort versammeln, einer Kleinstadt in der Provinz. Drei noch hier lebende Freundinnen übernahmen die Leitung und riefen alle übrigen auf, Vorschläge einzureichen. Im Mittelpunkt sollte die liebe, alte Lehrerin stehen. Insbesondere sollte ihr Geburtstag nachträglich gewürdigt werden. Freudig nahm sie die Einladung entgegen und sagte verbindlich zu, ohne die leiseste Ahnung zu haben, was sie erwartete.

An einem wunderschön sonnigen Juni-Nachmittag traf die mittlerweile von dreizehn auf zehn Mitglieder (drei waren verstorben) geschrumpfte Klasse im gebuchten Hotel ein. Unmittelbar an einem weitläufigen Rosengarten gelegen, zählte es zu den edleren Herbergen der Stadt. Die Bediensteten wiesen in schwarz-weißem Livree freundlichst ein. Statt des Wintergartens, in welchem sie abgesondert von den anderen Besuchern hätten feiern können, empfahlen sie wegen des herrlichen Wetters die Außenterrasse, auch sehr kuschelig eingerichtet, mit kleinen Korbsesseln und Kissen an kleinen Tischen.

Dezent hielten sich die teilnehmenden Ehepartner zurück (sie waren bei den Versammlungen immer wie selbstverständlich dabei und verliehen ihnen eine gesunde, maskuline Note, sprich, sie verströmten den Duft verschiedener After-shaves und bereicherten das modische Auftreten mit ihren vielfältigen karierten und gestreiften Hemden bestimmter gefälliger Herrenmarken), standen abseits und beobachteten ein wenig desorientiert die Gruppe der Frauen, ihrer Ehegattinnen. Der antike Ausdruck sei hier erlaubt, denn der Anblick der Damen war, mit spießigen Augen gesehen, exotisch. Die soliden, alten Beamtinnen (de facto waren sie fast alle im Lehrberuf gelandet) gerieten in ein nostalgisches, romaneskes, noch unvollendetes Gemälde, welches ein Maler von Ruf im Begriff war, in impressionistischem Malstil farbenfroh zu schaffen. Alle trugen Hüte, große, kleine, aus Stoff, Stroh und Filz, lustige und strenge. Eine Haube war sogar mit einem schwarzen Schleier versehen, andere Kreationen mit Blüten und Schlaufen bestückt. Entzückend, wenn die grauen oder mahagonyfarben getönten Haare darunter hervor lugten! Des Weiteren auffällig ihre langen Röcke und Kleider. Ungewöhnlich heutzutage, da doch die Hose der Frau geläufigstes Kleidungsstück ist. Natürlich passten die hohen Schuhe und die Handtaschen zu dem romantischen Outfit.

So miteinander beschäftigt, sich wiederzusehen und gegenseitig Komplimente auszuteilen, bemerkten sie gar nicht, wie die Kellner sie hinaus schoben. Problem (es wurde nie aufgeklärt, welches sie eigentlich hatten) war unbemerkt gelöst. Der Schauplatz war jetzt im Freien, vor aller Augen, sozusagen „ante oculos omnium."

„Aber hier kann ja jedermann zuschauen!"

„Bei dem Stimmengeschwirr der anderen Gäste muss man ja schreien!"

„Ich trau mich da nicht zu singen!"

„Ob das gut geht? Ich stell mich nach hinten."

„Da kommt Frau Vonhoff! Im Hosenanzug!" Der Maler war „not amused".

Sonst nicht auf die Schnauze (pardon, Berliner Schnauze) gefallen, blieb sie sprachlos stehen und d a s mehrere Sekunden lang. Was ging ihr wohl durch den Kopf? Sind das meine braven, lieben Mädels? (Fünfundsiebzigjährige Mädels!) Sind sie schon altersverrückt geworden? Man begrüßte sie mit respekt- und liebevollen Umarmungen und platzierte sie mittig in einen bequemen Sessel, worin sie in ihrer hellblauen, elegant geschnittenen Bluse doch eine Spur hilflos wirkte. Eine kleine, offizielle Begrüßung durch das Organisationsteam folgte, und sie erfuhr von der beabsichtigten Geburtstagsfeier, was sie sehr rührte. Ganz still wurde sie und bekam wässrige Augen; ihre Hände zerknitterten ein Taschentuch.

Die Gruppe war nicht minder nervös. Skrupel, sich lächerlich zu machen vor einer relativ großen Zuhörerschaft aus nah und fern wechselten sich ab mit Mutaufwallungen, einmal fünf gerade sein zu lassen. Mancherorts in deutschen Regionen, beispielsweise im Rheinland, mag es überhaupt kein Aufsehen erregen, kostümiert öffentlich aufzutreten während des ganzen Jahres, gleich welchen Anlasses, ob zu Geburtstag, Hochzeit, Begräbnis oder Karneval. Aber hier? Obwohl! Nannten die benachbarten Städte, spöttisch oder neidisch, die Bevölkerung der Stadt nicht auch die „Herzogsnarren"? Ein Zweig der Wittelsbacher war hier nämlich ansässig gewesen. Vielleicht war nun der entscheidende Moment gekommen - der in spirituellen Kreisen ehrfürchtig zitierte Kairos -, sich diesem Charakteristikum zu stellen, ihm gerecht zu werden. Wenigstens einmal im Leben sich was zu wagen, ohne Vorproben drauflos zu agieren, mit dem Risiko des eventuellen Misslingens. Klar, für Pädagogen war das kein angenehmes Unterfangen. Pannen sind unter jenen ein übles Übel aus der Büchse der Pandora.

Als Erstes strich eine Kameradin eine muntere Weise von Mozart auf ihrer Violine. In einem kleinen Orchester spielend, traute sie sich das, auf guten Zuspruch hin.

Danach erhielt die Klassenmutter die Ernennung zur Professorin honoris causa mit einem schwarzen, akademischen Papierhut (aus einem Center für Karnevalszubehör). So war nun auch sie, wenn auch verlegen, behütet. Ein leicht burlesk wirkender Anblick, den der Maler mit süffisantem Lächeln bedachte.

Anschließend folgte eine lange Moritat über Frau Vonhoffs frühere Lehrstunden und Taten. My fair lady's Arie „Es grünt so grün ..." war melodisches Vorbild. Vorsängerin und Chor steigerten sich nach anfänglicher Beklommenheit zu einer gewissen Euphorie, besonders im Refrain: „Es grünt so grün, wenn wir Maria sehen ..." Frau Marias Lieblingsthemen verselbständigten sich, die Passatwinde wehten über den Hüten und wirbelten in das Blätterwerk der Terrassen-Ahornbäumchen, und die Wildkräuter - aus den benachbarten

Staudenbeeten - warfen wie zur Huldigung ihre spröden Samen herüber.

Die kleine Frau Vonhoff schaute manchmal mit ihren großen, blauen Augen irritiert, was ihren ehemaligen Schülerinnen noch an Schnick-Schnack in Erinnerung geblieben war und an für sie Peinlichem, wie etwa die verunglückte Wieder-bezuckung eines hirntoten Frosches.

Es kam, wie es kommen musste, die ganze gro-ße Hotelcafégesellschaft hörte mit und amüsierte sich. Auch mancher Ehepartner; der ein oder andere war möglicherweise auch in Versuchung, sich fremdzuschämen, verstohlen zwar, gab doch seine Frau ein ihm so ungewohntes Bild in einer völlig unbekannten Rolle ab. Oder was sollten die Verschränkung der Arme vor der männlichen Brust, der halbgeöffnete Mund und der starre Blick sonst aussagen? Tunlichst nahm der Maler Abstand, diese Mimik zu verewigen.

Zum Finale ertönte der an Tradition und Routine nicht zu übertreffende Kanon: „Viel Glück und viel Segen …" und eine jede überreichte mit individuellen Dankesbekundungen der alten, völlig geflashten Lady eine gelbe Rose, die der von Emotionen Geschüttelten aus den Fingern fiel. Nur gut, dass das Procedere beendet war und ein Freudenherzinfarkt so vermieden werden konnte, was für den abbildenden Künstler das Aus bedeutet hätte.

Einen so heiteren Kaffee hatte das Hotel lange nicht mehr erlebt wie der im Anschluss an die Aufführung der zehn alten Damen für ihre geliebte Greisin. Es kamen Hotelgäste auf sie zu und beglückwünschten sie zu dieser tollen Feier. Ihre Kleidung wurde gelobt und bewundert, der Mut zu ihrem Auftritt, ihre Dankbarkeit für die alte Lehrerin.

„Das werden wir nachmachen, das dürfen wir doch? Bei uns ist es immer so langweilig!" Schwupps! Zwei Damen hatten sich durch den Bilderrahmen gezwängt und wollten als Statistinnen auch aufs Kunstwerk.

Beim Abschiedsflanieren durch den Park erblühten die faltigen Gesichter aller alten Damen und Herren im Abendrot und wetteiferten mit der Roete der Rosen. Ihr Geplauder animierte die am Teichufer watschelten Gänse zum lauten Schnattern. Beider gute Laune konnten die Springbrunnen mit ihren hohen Fontänen nicht übertrumpfen. Für den Maler, der begierig auf den allerletzten, ästhetischsten Moment gewartet hatte, Zeit, das Werk zu vollenden (allerdings ohne die Farbe Blau, denn die Tube war ihm wegen eines angriffslustigen Gänserichs vor Schreck ins Wasser gefallen).

Ob mit oder ohne Gänse (darüber gibt es noch keine Gewissheit), die lebensfrohe Szenerie war nun stimmungsvoll dargestellt. Das Gemälde mit der Bezeichnung „Onze vieilles dames au Jardin des Roses " - Elf alte Damen im Rosengarten - wird vielleicht einmal im Stadtmuseum hängen.

Der Drecklappen

… von hinten wie eine öminöse Macht umhüllte

Nachts wälzte sie sich im Bett, zerwühlte es, wurde oft wach und fand nur schwer wieder zurück in den Schlaf. Morgens stand sie total müde auf, machte sich gequält fertig, vernachlässigte dabei ihr sonst so perfektes Make-up und spurtete erhitzt zum Bus, der sie in die nächste Stadt brachte, wo sie ihre Lehre in einem Juweliergeschäft absolvierte. Am liebsten wäre sie kurz vorm Einsteigen wieder umgekehrt, so wermutsbitter schmeckte der Kloß in der Kehle, so drückte der unflätige Vorwurf ihre Brust. Die Ohnmacht rang mit dem Ärger, die Verletztheit verstärkte beide. Wie herauskommen aus der Misere? Wie sich wehren? Wie weiterarbeiten, motiviert und erfolgreich, jetzt im dritten Lehrjahr?

Zu allem Unglück fehlte ihre Kollegin; sie war krank gemeldet. So hatte sie keine Gelegenheit, mit ihr über die Sache zu sprechen, ihre Meinung zu erfragen und ein gemeinsames Vorgehen zu planen. Von ihr erhoffte sie sich Beistand, denn sie war auch betroffen. Obwohl sie schon einige Jahre das Vertrauen der Chefinnen genossen hatte, war sie mit unter Beschuss und deshalb sehr erbost.

Die Kunden bediente sie wie stets freundlich. Ein Herr bemerkte aber doch ihre Blässe und das Zucken eines Auges und erkundigte sich nach ihrem Befinden, worauf sie ihn ein wenig schwammig beruhigte, die strengen Augen der Juniorchefin im Rücken. Diese sprach kein Wort mit ihr und zeigte stumm und eisig ihren Argwohn, wohingegen die Seniorchefin, die mehrmals am Tage auftauchte, um nach dem Rechten zu sehen, wie sie es formulierte, unbefangen tat, was die Lehrfrau innerlich in Harnisch brachte und sie sich zusammenreißen musste, um jene nicht anzufahren. Dass sich die Sorge dabei etwas verflüchtigte, erleichterte sie ein wenig. Ganz klar, sie musste sich effektiv verteidigen, auch wenn es das Ende ihrer Lehre bedeutete. Wenn die Kollegin mitmachte! Zum Glück wies die Chefin sie bald an, die Reparaturen an den Colliers zu beenden.

Im Nebenraum war sie allein und das sorgfältige Hantieren lenkte sie ab. In der Mittagspause nahm sie einen kleinen Imbiss in einem Cafe' in der Nähe ein und telefonierte mit der Kranken. Sie verabredeten, am Tag darauf reinen Tisch zu machen, die Fakten aufzulegen, ob mit oder ohne Erfolg sich zu entlasten. Jedoch Vorhaben und Ausführung sind zwei Paar Stiefel! Dennoch, dass die Kollegin so eine aufrechte Person war, der Anstand und Ehre noch etwas bedeuteten, war wunderbar trostreich, zumal sie die junge Azubi auch allein im Regen hätte stehen lassen können. Aber sie würde sich zu dem, was sie gesehen hatte, bekennen.

Endlos zog sich der Tag in die Länge. Fast war sie ins Wanken gekommen, als sie einen aus der Fassung geratenen Lapislazuli wieder befestigen wollte und ihr plötzlich die Aussagekraft dieses

Ausdrucks klar wurde. Ja, sie war im Begriff, ihre Fassung zu verlieren, i h r e s schönen Rings aus Vertrauen und Wahrhaftigkeit, und die hässlichen Seiten des Berufslebens zu erleben ohne sich abwenden zu können.

Auf ihrem Heimweg verwirrte sie der nasse und stürmische Wind, der im Lauf des Nachmittags angeschwollen war. Er pfiff ordinär um ihre Ohren, drehte frech die Schirme um und schlug stechend ins Gesicht. Das körperliche Weh verband sich mit dem ihres Herzens und wuchs an. Unrat flog durch die Luft, besonders an einer Baustelle, die den Bürgersteig mit weißroten Bauzäunen verengte. Dort sah sie einen großen, schäbigen Fetzen Pappe oder Filz oder Kunststoff liegen - genau konnte sie es nicht erkennen -, in einer Dreckpfütze, die sie natürlich umging. Kaum getan, zwei Schritte weiter, spürte sie einen heftigen, groben Schlag im Rücken, und es klatschte um ihren Mantel und die Beine. Der Schreck war so groß wie der Sifflappen, der sich an ihren Körper klebte, ihn von hinten wie eine boshafte, ominöse Macht umhüllte, vom Wind dabei noch hämisch unterstützt. Vor Scham, vor Wut und Schmerz schossen ihr Tränen in die Augen. Besudelt fühlte sie sich, innen und außen. Im Weitergehen packte sie mehr unbewusst als vorsätzlich das Miststück und schleuderte es impulsivst, vehement zur Seite, wo es in die Matsche platschte und kläglich hechelte.

Erstaunt stellte sie zu Hause fest, dass der Mantel keine Dreckspuren zeigte. Die Schmutzpartikel waren an dem in der Werbung so hochgelobten Stoff mit den wundersamen Eigenschaften abgeperlt.

Ruhig verlief die Aussprache am nächsten Tag. Aufmerksam hörte die Chefin, was ihre beiden Angestellten vorbrachten. Sie hätten täglich am Abend korrekt abgerechnet. Und morgens habe manchmal, wie sie wisse, das Wechselgeld nicht gestimmt. Natürlich falle für diese Unregelmäßigkeiten der Verdacht aufs Personal, was ja auch schon geschehen sei. Aber sie wiesen die Diebstahlsbezichtigung (das Wort fühlte sich eklig an und rief den Abscheu vor dem Lumpen in ihr wieder hervor) entschieden zurück. Ob es nicht auch sein könne, dass die Seniorchefin in die Kasse gegriffen und sich Scheine herausgenommen habe? Tagsüber tue sie dies ab und zu auch. Vielleicht aus einem altem Gewohnheitsrecht heraus. Jedenfalls hätten sie beide das gesehen.

Eine Weile schwieg die Chefin, schluckte und versprach, die Angelegenheit sofort mit ihrer Mutter zu klären. Von da an tauchte die Seniorchefin nicht mehr während der Geschäftszeiten auf. Kurz und bündig vollzog sich die Rehabilitation der beiden Mitarbeiterinnen.

Auf dem Heimweg passierte die Lehrfrau die Baustelle. Die Zäune waren entfernt, das Trottoir war gefegt, der Drecklappen war entsorgt. „Na, geht doch!", lächelte sie.

Das Händchen

… und genießt den Glückskick

Wie aus heiterem Himmel schlägt der Blitz bei ihr ein, der heiße Blitz einer völlig unerwarteten Berührung, ein Strahl, der, von der Hand ausgehend, sich in ihrem ganzen Körper ausbreitet und ein wohlig warmes Gefühl erzeugt. Dieses wiederum schafft eine leichte Leere, die sie vom Boden abheben und schweben lässt. Für Sekunden. Für glückliche Sekunden.

Frühmorgens hatte sie wie meistens das Radio eingeschaltet, um die Nachrichten zu hören. Es steht auf einer Ablage nah ihrem Bett, ihr Lieblingssender ist eingestellt. Ein Griff - schon lief das Programm. Um wacher zu werden räkelte und streckte sie sich und vernahm die erbaulichen Worte eines Pfarrers. Er sprach vom Glücklichseinwollen. Sie stellte die Lautstärke höher ein. Wer will das nicht, glücklich sein? Einen Tag lang, ohne körperlichen Schmerz, ohne leidige Erledigungen machen zu müssen, ohne negative Mitteilungen der Familie zu bekommen, ohne Enttäuschungen und Verluste.

Und jetzt diese Begebenheit, unerwartet, rätselhaft, nicht einzuordnen! In der Eisdiele an einem der wenigen schönen Plätze des Ortes, da sie erhöht über dem Straßenverkehr liegt und von einer jetzt frühlingsgrünen Trauerweide im Außenbereich umweht wird. Nach ihren Einkäufen so gegen elf Uhr macht sie hier gerne eine kleine Rast, trinkt einen Espresso oder einen Milchshake, in den auch mal ein Blütenrest des Baumes fällt, den sie gelassen entfernt. Unter dem Schwanken der Zweige beobachtet sie das Stadtgeschehen, das absolut langweilig unaufgeregt ist. Manchmal vertieft sie sich auch in ein Magazin, das sie sich zuvor im Presseladen gekauft hat, aber das nur bei warmem Wetter.

Heute sitzt sie und denkt über die Anregungen des Geistlichen vom Radio nach. Mit Glückstheorien hatte sie sich schon früh auseinandergesetzt. Besonders mit denen aus dem buddhistischen Kulturraum. Laotses Ansicht, das Glück liege in der Untätigkeit, kann sie nicht teilen. Keinem Ziel mehr hinterherzulaufen, findet sie stupide. Platons Vorstellung, tugendhaft zu leben führe zum Glück, ist annehmbar. Epikurs These, das Erleben von Lust mache glücklich, ist gefällig. Aber dass die moderne Gehirnforschung behauptet, unser Gehirn sei süchtig nach Glücksgefühlen, ist einfach wunderbar. Sie hatte in ihrem Leben dauerndes Bedürfnis nach einem erfüllten Zustand (der Begriff „Fülle" war ihr Lieblingswort), kannte auch solche Phasen, jedoch ebenso ihr Abhandenkommen. Beizeiten hatte sie geübt, zufrieden zu sein. Liebe in der Familie, Freundschaften, Reisen, Beruf, Hobbys ermöglichten dies. Doch nun, im fortgeschrittenen Alter, fehlten immer mehr die bemerkenswerten, märchenhaften Glücksanlässe, wie Berufseintritt, Heirat, Geburten der Kinder, Taufen, Sporterfolge usw. Anscheinend nahm die Fähigkeit, große Gefühle zu entwickeln, mit der Zeit ab. Vielleicht mit dem Schwinden der

Dopamine, welche die Neuronen im Gehirn nicht mehr ausschütten wollten. Waren es die Glücksbiester etwa leid, weil sie zu wenige dankbare Reaktionen bekamen?

Das Händchen ist so zart, zerbrechlich und fasst doch so sicher ihre erwachsene Hand. Die will sich nicht entziehen, gibt sich dem Griff hin, öffnet ihn dann sachte, legt sich um das Fingerkörbchen und wiegt es sanft in einem uralten Gefühl von menschlicher Kommunikation, von eins seiender, vertrauensvoller Verbundenheit.

Sekundenglück nannte der Sprecher im Radio diesen kurzen Moment. Ein zeitgenössischer Sänger habe in einem neuen Song diesen Ausdruck kreiert. Er mache nun Schlagzeilen im Land auf und ab. In Ermangelung einer immerwährenden Lebensbefriedigung seien wenige Minuten kurzer, überraschender, nicht einkalkulierter Emotionen ein bescheidener Ausgleich.

Wie kam es zu dem Geschehnis? An ihrem Nachbartisch hatten eine junge Mutter mit Söhnchen Platz genommen sowie zwei ältere Frauen, vielleicht die Großmutter und deren Freundin. Aufgeräumt unterhielten sich die Drei und tranken Milchkaffees, während der Junge, etwa anderthalb Jahre alt, vor sich hin brabbelte, wobei in dem Sprachbrei das Wort „Mama" als süßes Bröckchen erkenntlich war. Er bekam ein Hörnchen mit kleinem Vanille-Eisbällchen und sabberte daran, fast lustlos. Lieber schaute er herum, mit blassem Gesichtchen, umrahmt von dunklen Härchen. Seine schwarzblauen Augen begegneten denen der fremden Frau, die ihn kurz anlächelte, wobei sie mutmaßte, dass die Sonnenbrille ihre freundliche Miene verschluckte. Der Kleine zeigte keine besondere Reaktion, blickte seine Umgebung ab, eine Spur melancholisch wie ein kleiner Clown Pierrot. Ein- bis zweimal wiederholte sich das. Hie und da sprach die Mutter liebevoll mit ihm. Ohne Quengeln fügte er sich in die Plauderrunde.

Nach einiger Zeit bezahlte die Frau, stand auf und ging. Was mag das Kind bewogen haben, sie im Vorbeigehen mit seinem Händchen zu greifen, mit halber Körperdrehung nach hinten, über die Kante seines Kinderhochstuhls hinweg? So unvermittelt! Spontan seinem Lebensimpuls freien Lauf lassend! Gewiss die Erwiderung, die Übereinstimmung voraussetzend! Die Hand ist eine Hand ist eine Greife und darum griff sie.

Den drei Frauen weiteten sich die Augen. Ungläubig, schamhaft, völlig konsterniert nahmen sie die Szene wahr, duckten die Schultern und Köpfe, brachen dann in fragendes Lachen aus und unterdrückten es wieder. Sohn und Enkel befremdete sie durch sein irgendwie ungemäßes, dreistes Verhalten derart, dass sie nicht wussten, woran sie waren. Natürlich, er war noch ein Kind, aber durfte er so kreativ übergriffig - im wahrsten Sinne des Wortes - sein? Haben sie versäumt, ihm beizubringen, dass … ja, was eigentlich? Ach du liebes bisschen! – Erleichterung machte sich auf ihren Gesichtern breit, als die Frau leise erklärte:

„Alles in Ordnung. Wir hatten schon Augenkontakt."(Durch die Sonnenbrille?) Sonst sagte sie nichts, und unterließ ebenso einen schäkernden Smalltalk, wie es gang und gäbe ist, wenn Erwachsene auf kleine Kinder von Bekannten treffen. Als zu kostbar empfand sie das Vorgefallene, als dass sie es zerreden, es in Geschwafel ausufern lassen mochte; schwieg und entfernte sich. Es schien, als erwartete das Kind gar nichts anderes.

Auf dem Heimweg fängt sie an, Auslöser für die Handlung zu finden, kramt in ihrem Wissen um die Entwicklungsphasen des Kleinkindes … schiebt dann unversehens alle möglichen Beweggründe beiseite, lässt sich stattdessen von den Schwingungen des Sentiments treiben und genießt den Glückskick.

Nachhaltig, erstaunlich tief wirkt jener, keimt in den folgenden Wochen immer wieder auf, sprießt an die Oberfläche ihres Wahrnehmunghorizonts, spornt an, macht sie bereit, auf neue Erfahrungen zu warten.

Der Hausmann

… natürlich verrichte er auch anfallende, niedere Arbeiten, keine Frage

In den Frühlingsmonaten wimmelt es in den Baumärkten in Deutschland von renovierungslustigen Menschen, speziell Männern und Ehepaaren. Ein Virus befällt die Bevölkerung, dem Sonnenlichteinfall durch Fenster und Türen und alle noch nicht abgedichteten Ritzen einen schönen Empfang im Zuhause zu schaffen, also ein kosmischer Virus, wenn man die ursprüngliche Bedeutung hinzuzieht, das griechische Wort Kosmos, das da heißt Schmuck, Schönheit durch Ordnung im Ganzen. Zugegeben, es gibt auch Notwendigkeiten von Baumaßnahmen im trauten Haus, die Material und Werkzeug erfordern. Davon schwappen die Regale über. Im „Paradies für Heimwerker" kann man seinen Urlaub verbringen, was ein mittelasiatischer Tourist - nach eigener Aussage - getan haben soll, mangels Angeboten im Heimatland, dem Paradies für Granatäpfel und Datteln.

Ein Ehepaar war auch aktiviert, wollte einen Eimer Farbe für den Anstrich der Terrassenmauer kaufen, begutachtete die Farbpalette und zog unschlüssig einen Angestellten zu Rate. Weil die Farbe zu den zimtfarbenen Klinkersteinen ihrer Hauswände passen sollte, händigte der Fachkundige ihm einige Farbstreifen passender Nuancen aus, mit denen es daheim die Gesamtharmonie überprüfen könnte. Die Lösung befriedigte, vertrieb aber nicht die Kauflust, besonders die der Frau. Darum erwog sie, auch mal wieder schöne Bettwäsche zu kaufen, um eines neuen Schlafvergnügens willen. Reiche Auswahl gab es, zum

Teil waren die Packen reduziert. Intensiv muster-
ten beide die Stoffqualität und Aufdrucke, als jemand sie ansprach: Herr C., ein ehemaliger Mit-
bewohner ihrer Straße. Zwei Pakete schwarz-
silberner (das Rankendekor war silbern), wie gesagt schwarz-silberner oder richtiger noch anthra-
zit-silberner Bettbezüge unterm Arm geklemmt,
begrüßte er sie freundlich, fragte nach ihrem
Wohlbefinden und beantwortete auch ihre höfli-
chen Fragen. So erfuhren sie von seinen Operati-
onen am Herzen und Knie. Sie stellten fest, dass
er an Gewicht verloren hatte und insgesamt älter
geworden war und augenblicklich ein EKG-
Messgerät unter seinem schicken Hemd und Pul-
lover trug.

„Erzählen Sie, was macht Ihre Frau?" Sie wussten, dass diese sehr schlecht zu Fuß gewesen
war, schon früher, vor Jahren.

Herr C. teilte mit, sie sei nur noch in der Wohnung, benutze Rollator und immer mehr den Roll-
stuhl. Beide Knie, Rücken, Hüfte seien kaputt.
Aber einmal die Woche fahre er sie zum Friseur.
Das sei ihr wichtig.

„Mein Gott, wie schafft sie denn den Haushalt?
Sie war doch eine Superhausfrau, etepetete …"
Die Frau unterbrach sich, da er eine junge Schöne
bemerkte und ihrem schaukelnden Hüftschwung
nachschaute, bis sie in der benachbarten Abtei-
lung verschwand.

„Alles bestens!", entgegnete er, ihnen wieder zugewandt. „Sie schafft alles. Wie früher, tipptopp. Sie kocht, putzt, wäscht, bügelt."

Er aber mache die Betten. Seine Augen fingen an zu funkeln vor Stolz und Selbstzufriedenheit. Das Schlafzimmer sei fest in seiner Hand. Da habe sie nichts mit am Hut. Ob Sie mal sehen wollten?

„Wie, sehen?"Irritiert starrten die beiden ihn an. Das war doch wohl keine Einladung, sein Schlafzimmer zu inspizieren!?

Flugs zog er sein Handy aus der Brusttasche und hielt ihnen im Nu ein Foto - ein wichtiges Dokument, meinte er - vor die Nase: von seinem Schlafzimmer, seiner Kreation. Am Kopfende der Betten strahlte eine violette Lichtleiste in den Raum und schuf eine geheimnisvolle Atmosphäre. Das Lila wiederholte sich in einem lila Überwurf und Paradekisschen über grün-weiß-schwarz geometrisch gemusterter Bettwäsche, glattgezogen, ohne Fältchen. (Eine hübsche Verkäuferin zog seine Aufmerksamkeit kurz auf sich. Mit einem leisen Pfiff folgte er ihr mit seinen frühlingswachen Sinnen.) Weiße Lamellenvorhänge kontrastierten mit dem schwarzen Strukturteppichboden. Vom Spiegelschrank war nur eine Ecke zu sehen. Ein paarmal holte er sich die Zustimmung wenn nicht gar die Bewunderung für sein gestyltes Gemach ein und brüstete sich eitel seiner Hausmannstätigkeit, die seine Frau so enorm entlastete. Natürlich verrichte er auch anfallende, niedere Arbeiten wie Staubsaugen, Wischen, etc. in diesem Zimmer, keine Frage.

„Oh, haben Sie schon den ‚Orden des besten Bettenmachers' überreicht bekommen?" Die spitzzüngige Spöttelei überhörte er vornehm-großzügig, jedenfalls tat er so, und fuhr weiter.

„Meine Frau braucht sich nur hinzulegen und kann entspannt schlafen. Ich überrasche sie gleich mit neuen Bezügen", schloss er seine Eloge auf sich selbst ab und zeigte auf seine Prachtstücke. Zu einem weiteren Kommentar kam das Ehepaar nicht mehr, dessen Wirkung auch nicht einschätzbar gewesen wäre, denn wahrscheinlich hätte ihre Stichelei seine Selbstgefälligkeit verunziert wie zerknitterte Wäsche sein Bett. Weg war er nach einer hastigen Verabschiedung mit der Zusage, die - noch gar nicht ausgesprochenen - Grüße an seine Frau wolle er ausrichten.

Das Ehepaar beobachtete aus der Ferne, wie er in der Schlange vor der Kasse einem Mann seinen Einkauf demonstrierte und die beiden Männer genüsslich lachten.

Alles für die Katz

… zwanzig Minuten schon gefahren und noch nichts gesehen

Der Jeep ruckelte los. Die hochgebockten Holzbänke waren besetzt. Frau O. saß vorne links, ihr Mann in der Mitte, neben ihr und einer jungen Touristin rechts außen. Alle hielten ihre Kamera in der Hand; auf dem Schoß ruhten die Rucksäcke. Eine Reisende stellte ihre große Handtasche nach unten auf den Boden, weil sie mehr Bewegungsfreiheit wollte. Greifbar war die Anspannung, welche alle gepackt hatte. Trotz des frühen Morgens knisterte die Begehrlichkeit als einziges Geräusch in der Landschaft, ähnlich dem leise Rascheln des Orchestergrabens nach dem Abflauen des Stimmengeschwirres im Konzertsaal. Keine Spur von einem Tier im Busch, in den die überwachen Augen animalische Umrisse hinein brannten. Minuten verstrichen. Betont ruhig versprach der Reiseführer, von seinem Platz neben dem Park-Ranger aus, baldiges Erscheinen der Buschbewohner. Um die Zeit zu überbrücken, bis endlich das erste Tier in Erscheinung träte, berichtete er von vorherigen Begegnungen an dieser und jener Stelle, was aber seine Wirkung verfehlte. Erste Unmutslaute wurden geflüstert. Sie wurden vom kühlen Fahrtwind, der auch an den Halstüchern und Hüten riss, in der sich mehr und mehr aufhellenden Luft zerfetzt.

Auf die Exkremente machte er aufmerksam, auf dem Weg und seitlich im Sand. Hier vom Büffel, da von Elefanten. Nirgendwo ein Tier zu erspähen. Endlich eine große Perlhuhnfamilie, weiträumig den Weg kreuzend. Wunderschön ihr Gefieder! Putzig, wie die kleinen, schnellen Küken über den Weg purzelten. Aus weiterer Entfernung gesehen schien eine graublaue Flusswelle ihren Perlenschatz zur Schau zu stellen. Ihr Plätschern und Glucksen bildeten den Auftakt zur Natursinfonie, die sich hellhörigen Eindringlingen offenbarte.

„Hühner! Die haben wir zu Hause auch."

„Ich hab doch nicht den weiten Weg gemacht, um die Kacke zu fotografieren!"

„Zwanzig Minuten schon gefahren und noch nichts gesehen."

Manche hatten dennoch gute Laune und lachten über die Kommentare. Optimisten!

Über den niedrigen Hecken und Büschen ragten hie und da Schirmakazien heraus: Aussichtspunkte für große Vögel. Unbeweglich, schläfrigsteif hockten sie auf der Spitze eines Astes. Während ein Vogelkundler auf allgemeinen Wunsch hin die Namen und biologischen Besonderheiten mitteilte, betrachtete Frau O. die Farben des Gefieders, die Schnäbel, die Konturen und erfreute sich daran, denn sie mochte Vögel, von allen Tieren am liebsten. Zu Hause kannte sie die Arten, die im Garten herumflogen: Kohlmeisen, Amseln und Finken. Leider blieben immer mehr die Spatzen aus. Dafür saßen die gierigen Elstern auf der Tanne und die liebenswürdigen Ringeltauben auf der Pergola. Ganz selten rasteten ein Rotkehlchen auf der Kletterrose und ein Reiher am Wasserloch. Das waren

Highlights! Gab es doch wie überall ebenfalls in ihrem Garten immer weniger Vögel. Die Luftkünstler waren so frei, so unabhängig von menschlicher Pflege, nutzten die Lebensräume nach ihrem Instinkt, fielen nicht als lästige Plagegeister auf - abgesehen vom Besuch im Gemüsebeet des Nachbarn und vom Bekleckern der Mauereinfassungen und Terrassengarnituren. Unmittelbare menschliche Nähe und Berührungen benötigten sie nicht. Einfach angenehm! Und erst ihr Schöpfungsneugesang im Frühjahr! Muntermacher für alle winterstarren Lebensgeister.

Nein, zu anderen Tieren hatte sie keinen emotionalen Zugang. Sie fragte sich, warum nicht. In ihrer frühen Kindheit besaß sie einmal ein Albino-Kaninchen, welches sie auf einer Hasenausstellung per Los gewonnen hatte. Es durfte in Großvaters Hasenstall im Hof neben grauen Artgenossen leben, wurde dann aber zu Weihnachten erbarmungslos geschlachtet. Vom Braten aß sie nichts. Ihre Bitte, es zu verschonen, wurde nicht erhört.

Mit Hunden gab es erschreckende Erlebnisse. Ein zähnefletschendes Bissmonster, ausgebrochen aus einer Hofanlage, hatte sie und ihre Freundin verfolgt. In einem Metzgerladen fanden sie Zuflucht, atemlos vor Hetze und Angst. Bei einem Spaziergang mit ihrem Mann übers Feld sprang jäh eine Dogge auf sie zu. Der Halter konnte sie mit Mühe an der Leine zurückziehen.

Möglich, dass diese Vorkommnisse ihre Tierliebe verkümmern ließen. Als Mangel betrachtete sie die Unfähigkeit, ein Haustier zu lieben. Es betrübte sie zuweilen sehr.

Kleine Anhöhen gewährten einen Blick bis zum Horizont. Die weite Busch-Savanne, das sogenannte „Tierparadies", schob sich umrissschärfer aus dem graugrünen Dunst ins fahlblaue Firmament. Große Ruhe lag auf dem Nationalpark, der den Tieren Raum gab, ihre Freiheit auszuleben, der sie weitgehend schützte vor Wilderern und Liebhabern. Erstere bewegten sich mit Gewehren im Verborgenen auf verbotenen Pfaden zu ihrer Jagdbeute, Letztere auf vorgeschriebenen Wegen in Jeeps, mit allen technischen, feinen Aufnahmegeräten ausgerüstet, zu ihrer Fotobeute. Immer mal wieder trafen sich Mensch und Tier auf den endlos verschlungenen Sandspuren, zum Kick des einen, zum Langweilen oder Missachten des anderen.

Aus dem Gebüsch preschte ein mächtiger Büffelbulle. Das Mordstrumm schleppte sein Gewicht ganz dicht an ihnen vorbei, blickte mit unbeschreibbar vernichtenden Augen schwarz und drohend auf die Insassen, hielt sein Gehörn bei sich, schlug es nicht in die Flanken des Wagens. Seine Schritte dröhnten - ein gewaltiger Auftakt des zweiten Satzes der symphonie naturelle - und brachten das Gefährt zum Wackeln. Bass-Schnauben, Büffelerdbeben und Ästeknacken ließen Frau O. erschauern und demütig die Augen senken. So voyeuristisch hier einzudringen beschämte sie. Die Löwen hingegen machten sich nichts daraus, dass mehrere Jeeps vor ihrer nächtlichen Fressstelle hielten und die Zweibeiner den Kudu-Kadaver beäugten. Das Rudel lag satt im abschüssigen Graben auf der anderen Wegseite, im Schatten von belaubtem Strauchwerk, und machte in langsamem, gemächlichem Rhythmus sein Verdauungsschläfchen. Was juckten es die Gaffer, solange sie ihm nicht zu Fuß auf den Leib rückten.

„Ist dies ein Paradies für Tiere?", murmelte Frau O. ihrem Mann zu, der nicht antwortete, sondern auf eine Hyänenmutter mit Jungem zeigte, die den Wagen zum Stoppen zwangen, da sie geradeaus auf der schmalen Fahrbahn in prachtalleeartiger Attitüde kichernd flanierten. Madame Hyänin streifte mit ihrem struppigen Fell die Wagenseite und ein Tourist war in Versuchung, ihr den Kopf zu kraulen. So harmlos wirkte sie! Gut, dass die Tiere hier Vorfahrt hatten. Wohltuend, dass die Ranger wegen des kleinsten Geschöpfchens hielten und mit Geduld auf die Freigabe des Weges warteten. So ließen sie es auch zu, dass die stattlichen Skarabäus-Käfer in eifriger Konzentriertheit die beachtlichen, tennisballgroßen Kotballen von der Straße weg ins Gras rollten, mühsam um die Steine herum und durch Rillen, oder dass ein Bussard seine Mahlzeit, einen Kleinsäuger, in Seelenruhe auf dem Fahrweg verspeiste und sich dabei nicht stören ließ. Die Tiere waren die Menschen schon so gewöhnt, dass sie kein Fluchtverhalten zeigten. Ihre Wildheit war gezähmt. Um herauszufinden, ob die Erfahrung mit den Wildtieren, denen sie emotional immer eher zugetan war, ihre Abneigung gegen Haustiere heilen könnte, war sie zur Safari-Reise bereit gewesen. Vorerst stolperte sie durch ihr Gefühlschaos orientierungsloser als die Buschwesen es durch das Dorngestrüpp taten.

In rasanter Fahrt ratterte der Wagen weiter, um die verlorenen Minuten wieder aufzuholen. Schade, sie hätte die Käfer gern noch ein wenig beobachtet. Plötzlich riss der Wind, stärkster Bläser im Buschorchester, die unten gelagerte Tasche auf (wohl nicht sachgemäß verschlossen?), griff hinein und wirbelte eine Handvoll lose gelagerter Ein-Dollarscheine durch einen Schlitz im Wagen-Unterbau hinaus; nach hinten tanzte der Geldregen, flatterte auf die fleißigen Mistkäfer herab, die wahrscheinlich ihre Ballen damit umwickelten, in absoluter Ergebenheit in ihr Tun. Mokantes Windgeschrei begleitete das groteske Spiel. Das kleine, urkomische Ereignis, zu witzig, um wahr zu sein, belustigte alle; sie lachten sich die Anspannung von der Seele, was sich dem Scherzo der Sinfonie einverleibte, und unterhielten sich von nun an locker und angeregt in der Frische des jungen Tages.

Nashörner, Zebras und Rüsselschweine erschienen und hielten die Kamerajäger auf Trab. In flotte, beschwingte Tonfolgen verwandelten sich die Querflötensprünge der schnellen Impalas.

Eine Gepardenfamilie, Eltern mit zwei Jungen, spielte in kurzer Entfernung im hohen Kraut. Wie gewandt die Leiber emporschnellten, wie sie sich maunzend balgten und mit den Tatzen schlugen war wundervoll anzusehen. Der Gepardenvater rannte weg und lockte die Jungen, ihn einzuholen. Ja, sie spielten übermütig mit hellen Xylophon-Lauten Fangen. Die Kätzin schaute zu und duckte sich, bis sie wieder eintrafen. Herr O. nahm wahr, dass seine Frau sich ergötzte an dem Spiel, das Fernglas nicht mehr weglegte, die bezaubernde Schönheit der Schnellläufer bewunderte und bedauerte, als der Wagen weiterfuhr. Bei dem Gespräch zweier Mitreisender hörte sie, das männliche Tier kümmere sich in der Regel nicht um den Nachwuchs. Nun also, somit war es wohl eine große Schwester gewesen, die der Mutter beistand. Sei's drum! Die Information hob ihre Empfindung nicht auf.

„Na, haben dir die Katzen gefallen?", fragte sie ihr Mann mit katerigem Lauerblick - und sie bejahte zögernd, hinzufügend:

„Sie nahmen keine Notiz von uns, im Gegensatz zu den Antilopen."

Aus einer kleinen Herde von Elefanten löste sich plötzlich ein Riese und schritt zielsicher auf ihr Auto zu, immer näher, immer näher, immer näher, als wolle er vor dem Blechkasten nicht haltmachen. Seine kleinen Augen waren auf Frau O. gerichtet (zumindest glaubte sie das), sie unablässig anvisierend. Ihr war, als verkörpere er ihre Angst und Scheu vor allem Animalischen. Heiß und heißer ward ihr, und sie begann unruhig ihre Hände zu kneten und zu stöhnen. Der Ranger schaute vom Fahrersitz aus zurück zu ihr, legte seine Hand auf ihren Arm und sagte leise beschwörend: „Keep calm!" (Bleib ruhig!) Da schloss sie die Augen und überließ sich dem, was da käme, und bat das mächtige Wesen: „Schlag mich nicht mit deinem Rüssel sondern betaste mich sanft, wenn überhaupt. Ich mag dich und will dir nichts Böses. Geh einfach vorbei!" Eine gefühlte Ewigkeit dauerte es, in einem Vakuum von totaler, ichgelöster Ergebenheit den Knall des Paukenschlags zu erwarten, der … ausblieb. Als sie endlich (alle Insassen verharrten noch in Stille) die Augen aufschlug, überquerte der Graue vor dem Wagen die Straße. Einige Zeit atmete sie tief und schwer den gigantischen Schrecken aus, bis sie bei gleichmäßigem, lindem Geraune der Umgebung wieder kontrolliert war.

„Man sollte die Tiere nicht stören. Das hier ist Pseudo-Freiheit. Die Menschen, so gut die meisten es auch mit ihnen meinen, sollten hier nicht eindringen. Ich schäme mich für die Reise", bekannte sie kleinlaut ihrem Mann. „Wer weiß schon, wie die Touristenkolonnen der Kreatur zusetzen? Sie passt sich mehr oder minder an. Ob sie ihrer Natur gemäß leben kann und tierisch glücklich ist, bezweifle ich. Artgerechter Zustand wäre für sie ein Leben ohne Menschen, guter und schlechter Absichten."

„Du hast zu Hause gemeint, die Wildtiere hätten es besser als die Haustiere. Das war ja dein Argument gegen eine Haustierhaltung." Ungern nickte sie, aber sie tat es.

Giraffen tauchten auf. Wie subtil sie sich bewegten, um an die hohen Zweige zu gelangen. Wie sanft elegant die langhalsigen Himmelsschnüffler mit ihren schweren Leibern wippten. Große … gefleckte … Giraffen … gaukeln … im Garten Eden … auf und ab … auf und ab … Im Zoo fand sie die Hochbeiner immer hölzern, schlaksig, apathisch. Hier wirkten sie munter, lebendig, und harmonisch verwoben mit Kopf und Hals im Grün der Kronen. Nichts scherte sie. Der Straße blieben sie fern. Zum ersten Mal erklangen Harfen, zephirische Melodien von Schöpfungsseligkeit herüber, was den arabischen Namen „zarafa", die Liebliche, für dieses Paradieswesen rechtfertigte.

Sie teilte ihr freudiges Empfinden ihrem Mann mit. Er konterte, auch Giraffen könnten einem Rudel Löwen zum Opfer fallen. Dann wäre es damit vorbei.

„Fressen und gefressen werden, das ist Gesetz der Wildnis. Dass aber der Mensch sein Mitgeschöpf ausrottet oder ihm seinen Lebensraum aus kommerziellen Gründen unzumutbar beschneidet, liegt nicht im Schöpfungsplan. Wir verletzen seine Würde, zu Hause und hier."

Zu der Erkenntnis käme man aus der Erfahrung, die sie gerade machte. Jedoch zu radikal dürfe man auch nicht denken, hakte er ein. Die einen liebten Tiere, wollten sie um sich haben oder, wie hier, in Nationalparks ihr Überleben retten; ursprüngliche Naturorte verschwänden in den nächsten Jahrzehnten. Andere nutzten das Tier, was auch das Töten beinhalte. Egal, warum man es hielte, dürfe man es nicht grausam quälen und leiden lassen.

Er unterbrach, weil sie auf einen kleinen Hügel zusteuerten. Darauf leuchtete eine rote Sandfläche, in deren Mitte sich eine kleine Ansammlung von Elefanten, Kindern, Müttern, Brüdern und Schwestern, in einer Suhle vergnügten. Der Fahrer parkte so nah er konnte und informierte per Funk seine Kollegen. Gleich würden die Wagen von allen Seiten herbeiströmen. Es wurde ihnen ein imposantes Schauspiel geboten. Drollig, wie ausgelassen sich die Jungtiere mit Sand bewarfen, im Schlamm stampften, sich mit den Rüsseln umschlangen. Große Pause auf dem Busch-Schulhof! Unverhofft trat ein großer Dickhäuter aus dem Gebüsch von rechts, blieb stehen, hob den Rüssel, seinen Dirigentenstab, bis zur Waagerechten und sprach, kaum hörbar grollend, mit der Gruppe. Wie kleine Ton-Wellen bewegten sich die Worte auf und unter der Bodenoberfläche vorwärts: „Genug gespielt! Wir gehen weiter. Müssen noch fressen. Vivace, meine Lieben! Folgt mir!" Er kollerte sehr, sehr tief, tubatief, und setzte den Schlusspunkt der gewaltigen Sinfonie, überquerte mit langen Schritten den Platz und verschwand im Gehölz. Alle schlossen sich unverzüglich, jedoch nicht überhastet, ihrer Matriarchin an.

Keiner außer ihr hatte sie reden hören. Man verneinte auf ihre Nachfrage hin. Deshalb ritt sie nicht weiter auf dem Thema herum. Später informierte sie sich und erfuhr, dass Menschen Elefanten zwar trompeten hören können, aber normal miteinander reden nicht. Die Frequenzen seien kaum vernehmbar für menschliche Ohren. Vermutlich hatte sie eine Einbildung gehabt. Mitnichten! Das Erlebte war Realität für sie. Und es machte sie glücklich. Offenbar besaß sie doch eine Antenne für Tiere.

Vier Stunden hatte die Fotosafari gedauert. In der Lodge erholten sich alle von der Anstrengung, reich an Fotos und Videofilmen. So hatte Herr O. auch viele Bilder geschossen, seine Frau nach dem abenteuerlichen Vorfall mit dem Elefanten-Hünen nicht mehr. Geschärften Sinnes hatte sie die Bilder und Weisen der Natur in ihre innere

Dunkelkammer eingesogen und dort warteten sie, wann immer entwickelt und gehört zu werden.

„Wie denkst du jetzt über meinen Wunsch, einen Hund haben zu wollen?" - Die Gelegenheit schien Herrn O. günstig. Heiter räkelte sich seine Frau im Korbsessel auf der Veranda. „Du wolltest ja entscheiden ..."

„Einen Hund? Nein. Du kennst doch meine Vorbehalte. Die körperliche Nähe, die er braucht, das penetrante Herumwuscheln um die Beine. Das Haaren, Stinken und Sabbern. Der Auslauf. Für Hundefreunde alles kein Problem. - Nein, ich will nicht. Außerdem, tiergerechte Haltung im Reihenhaus mit Gärtchen?"

„Dann war alles für die Katz? Die Reise, um deine Tierliebe bei den Wildtieren zu entdecken? Es war Schwachsinn, das Unternehmen!" Mühsam beherrschte er seinen Unmut im Knarren eines beleidigten Löwenmannes.

„Ja, es war alles für die Katz! - Statt einen Hund möchte ich lieber eine Katze, mein Lieber, eine rötliche Katze", schnurrte sie.

Ihm blieb die Spucke weg. Er hatte zwar gesagt, eine Katze sei ihm auch angenehm, da er mit einer groß geworden war, aber mit diesem ihrem Entschluss hatte er nicht gerechnet. Ihre Gründe formulierte sie klar: Katzen lieben ihr Eigenleben, müssen nicht ausgeführt werden, kommen und gehen, halten meist Abstand und ... die Geparde.

Ja, die Geparde hätten es ihr angetan. Und Hauskatzen seien ihnen ähnlich. Ein bisschen Wildheit hätten die sich ja gleichfalls bewahrt. Das habe sie erkannt. Und sie seien schön von Gestalt, geschmeidig in der Bewegung und - ihrer eigenen Natur am gemäßesten. So gesehen sei die Reise also nicht für die Katz gewesen. Ob er mit diesem Kompromiss leben könne?

Der Held

… ach, Märchen, werde einmal wahr

„Was hast du dann gemacht?"

Sie beugte sich ganz nah zu ihm herunter, hefte-
te ihre Augen an sein Gesicht, nahm es mit all
seinen Eigenheiten wahr, die ihr ja längst vertraut
waren, nun aber, als seien sie ihr unbekannt, er-
forscht werden mussten: die gelbliche Haut, in den
Wangen eingefallen, die durchfurchte Stirn, die
dicken Augenringe, die ihr immer Sorge bereite-
ten. Der schmale Mund, von allen Seiten von einem schneeweißen Bart umrahmt, der kleine Kinder immer an den Nikolaus erinnerte. Sie fragten
bei ihrer Mama nach, ob er es sei. Sonst so klar,
von hellblauer Treue, lagen die Augen farb-und
kraftlos unter den Lidern.

„Sag, was hast du dann getan?" Noch einmal
diese Frage. Eindringlich, mit Nachdruck jede Sil-
be gesprochen. Wie Pfeilspitzchen hinunter ge-
worfen zu ihrem im Sessel sitzenden Mann, der
nicht auswich, sondern schmerzlich getroffen, zu
antworten suchte. Ihre Neugier trat offen zu Tage.
Ihre Erwartung, gespannt wie ein Flitzebogen.
Unbarmherzig ihr Beharren!

Schon von klein auf liebte sie Helden. Dem ersten war sie im Theater begegnet, wohin ihre Mutter regelmäßig zu den Märchenaufführungen mit
ihr ging, meist im Winter, zur Weihnachtszeit.
Schneeweißchen und Rosenrot! Tief in einen
weinroten Plüschsessel eines Vorkriegstheater-
saales vergraben, hatte sie die Erscheinung der
Darsteller in ihre kleine Seele aufgesogen und

fixiert an deren Wänden, dass sie durch die Jahre festwuchs, nicht mehr entfernt werden konnte. Manchmal gesellten sich neue Typen dazu, starke, edelmütige Figuren, durch ihre Phantasie noch heroischer aufgeplustert.

Der Bär mit seinem schwarzen Kopf, seiner mächtigen, trabenden Pelzgestalt faszinierte sie. Mutters Hand, aus Sorge um die Bildmächtigkeit mancher Situationen vor ihr Gesichtchen gehalten, schob sie weg. Sie wollte sehen, alles. Auch das Böse, das ja am Ende besiegt werden würde.

Als Jugendliche liebte sie die Helden von Troja, die Heiligen Kämpfer der Kirche und die Helden Winnetou und Old Shatterhand. Bis vierzehn hatte sie alle Karl May-Bücher gelesen, in der Stadtbibliothek ausgeliehen. Danach schafften es auch andere, in ihr Helden-Register aufgenommen zu werden wie zum Beispiel Albert Schweitzer und Gandhi. Denen mangelte es zwar an raufboldiger Energie, sie glänzten aber durch Seelen-und Geistesgröße und setzten ihr Leben für ihre Ideen ein. Zur Gattung Letzterer zählte der Mann, den sie, reifer und erwachsen geworden, heiratete. Äußerlich ein Anti-Held, kein Muskelprotz, kein Fitness-Fanatiker. Ein ganz normaler Mann mit schon schwindendem Haar und etwas hängenden Schultern. Dafür mit großen, schmalen Händen, die gerne die Seiten in Büchern umschlugen (diese Art zu schlagen beherrschten sie).Und … mit dichtem, dunklem Haarwuchs auf Rücken und Brust.

„Sie zausten ihm das Fell mit den Händen, setzten ihre Füßchen auf seinen Rücken und walgerten ihn hin und her … und wenn er brummte, so lachten sie. Der Bär ließ sich's aber gerne gefallen." Die Brüder Grimm schildern dieses schöne Spiel so anschaulich und vergnüglich. Wohlbehagen brachte es auch ihr, wenn sie sich an ihres Mannes flaumigen Rücken schmiegte und die Bärenwärme spürte. Jetzt war das Fell schütter geworden, abgenutzt von den Jahren und ihren Zärtlichkeiten. Der Bär war alt geworden, Schneeweißchen ebenso, in der Tat nun ein Schneeweiß.

„Ein Stück seiner Haut riss auf, und da war es Schneeweißchen, als hätte es Gold durchschimmern gesehen; aber es war seiner Sache nicht gewiss", heißt es im Märchen. Geheimnisvolles birgt dieser Satz, etwas, was noch ergründet werden muss, um es in seiner wahren Schönheit, in seinem Wert zu begreifen und zu schätzen. An einigen aufgeschürften Hautstellen ihres Mannes hatte die Frau es glänzen sehen, intuitiv geahnt, dass sie auf Schatzsuche gehen werden müsse.

Aber dazu benötigte sie auch Schutz vor Gefahren aller Art, Hilfe und Ermutigung. Dazu brauchte es ab und an einen Alltagshelden, der andrer Leute Missgunst, Habgier, Lügen, und Besitzansprüche zusammen mit ihr entgegentrat. Auf seine Weise tat er das, sachlich argumentierend, gefühlsbeherrscht, seine Ratio als Schild-Phalanx vor den soften Körper stellend. Von Vorhaben und Plätzen hat er sich verdrängen lassen, weil andere sich dreist den Zugang verschafften, etwa im Kino, im Zug, im Restaurant, in Praxen. Mit beherzterem körperlichem Auftreten wäre vielleicht die gegnerische Frechheit eingefroren. Mit aufrechtem Rückgrat und resoluter Gesichtsmimik wäre mancher ohne Worte in die Schranken gewiesen worden. Nachgeben war ihm oft das bessere Geschütz. Der Braunbär stellte sich nicht auf seine Hinterbeine, streckte nicht den Nacken, legte nicht die Ohren zurück. Ihm fehlte das archaische, angeborene Jagd-und Angriffsgen.

Wenn sie ihm dies unterwürfige Verhalten angenervt vorwarf, reagierte er stoisch ruhig ohne die Spur von schlechtem Gewissen, sich unmutig gezeigt zu haben. Eventuell unangenehmen Vorkommnissen ging er vorsorglich aus dem Weg, wie einer Horde jugendlicher Randalierer; er wechselte auf die andere Straßenseite. Beschimpfungen „Alter Penner", „Alter Opa" oder „Neandertaler" ließ er unbeantwortet. Im Lauf der Jahre hatte sie sich an diese seine Handlungsmechanismen gewöhnt und rätselte immer noch, ob es eine Kampfstrategie oder eine Schwäche war, so das menschliche Streitgemetzel zu scheuen. Für sie von Vorteil war es jedenfalls in einem Punkt: Sie lernte ihre emotional überfrachteten Verteidigungsvorstöße durch sein Vorbild zu entschärfen. Gleichwohl wusste sie mittlerweile, dass unter seiner Bärenhaut ein schöner Mann war, golden brillierend, eines Königs Sohn, mit Grimmschen Worten zu sprechen. Aber sie hätte wahnsinnig gerne einmal die Kraft und die Macht des royalen Geblüts gepaart mit der wilden Urkraft des Grizzlyprotzes, des „ursus arctos horribilis" gesehen.

„Warum hast du im Schlaf so jämmerlich geschrien und bist aufgewacht?", fragte sie ihn. Er mühte sich, gänzlich wach zu werden und fing an, langsam, schleppend, leise stöhnend:

„Ich saß hier im Sessel und schlief ein. Auf einmal hörte ich ein Geräusch im Dunkeln. Ich schlich leise in den Flur. Hinter der Haustür sah ich den Schatten eines Einbrechers. Geduckt näherte ich mich mit einem Baseballschläger in der Hand, um ihm eins über die Rübe zu ziehen. Er stieß die Tür auf, stand vor mir …"

„Und, was hast du gemacht?" Schneeweißchens Bär gab dem boshaften Geschöpf einen einzigen Schlag mit der Tatze (Tatze, oh!), und es regte sich nicht mehr. Ach Märchen, werde einmal wahr, und wenn es nur im Traume wär!

„Er hat m i r eine runtergehauen."

Versteinert vernahm sie das schmähliche Heldenbekenntnis, schaute ihn an, wie er so alt und traurig seine Hilflosigkeit zugab, erblasst, enttäuscht. Die Bärenhaut war in Gänze abgefallen, sein ureigenes Wesen lag in seiner Blöße da. Von ihren Vorstellungen befreit, löste sich die Starre und sie lachte, lachte aus ganzem Herzen.

Fels in der Brandung

… und ihre Gestalt eine amorphe Masse zu werden droht

Herr P. schaute durch den Glaskasten, das sogenannte Wartezimmer des Endoskopietraktes im Erdgeschoss der Universitätsklinik. Man hatte ihn hierhin geordert; er würde aufgerufen werden. Eine Untersuchung, die seine Leber betraf, stand an. Darum sollte er warten.

Wie gesagt, er blickte hinein in diesen von dem übrigen menschlichen Betrieb künstlich abgeschirmten Kubus. Daran vorbei brandete das hektische Klinikgeschehen: die eiligen Pfleger mit den Krankenbetten der Frischoperierten, diskutierende Ärzte, Studenten, Krankenschwestern, hungrige Sekretärinnen, Besucher, müde Reinigungskräfte. Fast alle Stühle waren besetzt von Menschen mit blassen Gesichtern, in sich gekehrten, schmerzlichen, ahnungsvollen und aufmunternden. Letztere natürlich nur von begleitenden Angehörigen. Die Kranken flüsterten, fixierten ihre Armbanduhren, seufzten, geduldeten sich …

Mittendrin saß sie, eins mit dem Stuhl. Das heißt, der Stuhl war mit ihrem schweren Leib in einer Symbiose verschmolzen und gar nicht mehr sichtbar. Als ob sie freischwebend in der Luft säße! Selbst zum Sitz geworden. Ein Thron der Weisheit, „sedes sapientiae", wie Maria mit ihrem Sohn Jesus im Mittelalter oft dargestellt wurde. Fasziniert von ihrem Anblick zog es ihn hinein, seine Beunruhigung wegen eines eventuell schlechten Befundes verdrängend. Direkt ihr gegenüber nahm er Platz.

Hüten muss er sich, sie nicht anzustarren, nicht zu aufdringlich seine Augen auf sie zu heften. Was es doch für außergewöhnliche Menschen gibt in all dem uniformen Menschengemenge! Hoffentlich merkt sie nicht, wie sie mich fesselt, denkt er. Völlig konzentriert strickt sie Socken, von niemandem abgelenkt. Außer den Fingern, dem hin und her sirrenden Nadelspiel und dem in Rottönen changierenden Wollfaden bewegt sich nichts. Umso besser, er kann sie ungenierter betrachten. Ohne Zweifel neugierig, aus nächster Nähe, von oben bis unten, jedoch nicht unziemlich, eher aufmerksam, bestaunend.

Was für ein Weibsbild! Dieser Ausdruck ist passend, findet er, nicht despektierlich, sondern ihrem Aussehen gemäß. Gleich einer Skulptur aus massigem, grobem Tiefengestein gehauen. Quaderförmig der Rumpf, hautnah überzogen von einer Tunika, die bis zur die Wade reicht. Pumphosenabschlüsse über derben braunen Sandalen, die dicke Zehen umfassen. Das kurzärmlige Gewand lässt drei Wülste hervor rollen, die durch das interessante Stoffmuster weniger auffällig wirken. Große Rautenlinien in Braun, Schwarz, Weiß und Senfgelb laufen über den Stoff wie das Kluftnetz über eine hellgraue Granitfläche. Gott, was für eine mutige Bekleidung! In Höhe der Taille seitlich sind ein kleiner Beutel und ein Plüschtierchen - wohl ein Talisman - in einer Schlaufe befestigt. Der ebenfalls eckige, große Kopf sitzt - ohne sichtbaren Hals - obenauf, das Doppelkinn lappt über auf den Halsauschnitt. Und zur Krönung ragt ein winziges Haardüttchen, von einem Schnürchen umbunden, senkrecht auf der Schädelmitte aus einer dünnen, grauen Haardecke heraus. Verschlossen wirkt das grauweiße Gesicht, gibt keine Regung preis, erlaubt nicht, dass irgendetwas in dieses menschliche Gesamtwerk hinein interpretiert werden kann. Ihr Alter zu umschreiben fällt ihm schwer. Archaisch alt. Zeitlos alt. Felsenalt. Klippig trotzt sie der schäumenden Brandung von Ängsten und bedrohlichen Schicksalsentscheidungen.

Tür auf. Herr M. bitte! Nicht da? Tür zu. Tür auf. Frau S. bitte! Tür zu. Patientin raus. Arzt rein. Ehepaar raus. Junge Frau weint leise. Baby jammert. Mutter tröstet. Herr M. jetzt da? Tür knallt zu. Unmut wird laut: über zwei Stunden gewartet. Seufzen. Räuspern. Husten. Auf die Uhr starren. Aushalten. Smartphone ziehen. Wasser trinken. SMS schreiben. Endlich dran. Andere harren aus. Die Not, die Ungewissheit tosen weiter, ebben nicht ab.

Hat sie wirklich die Ruhe weg? Kriegt sie mit, was sich um sie herum tut? Schottet sie sich bewusst ab, um ihre Nerven zu schonen? Gerne möchte er mit ihr reden, etwas von ihr erfahren, von ihrem Beruf. Klar, sie hat gearbeitet, so souverän wie sie sitzt. Autorität strahlt sie aus. Möglicherweise war sie Chefin. Obwohl, ihr unkonventionelles Aussehen mag es ihr nicht leicht gemacht

haben, respektiert zu werden. Höchstwahrschein-
lich ist sie Künstlerin. Denkbar. Doch eher nicht.
Es umgibt sie eine Aura von sachlicher Strenge,
von kristalliner Intelligenz.

Tür auf. Sein Name ertönt. Im Aufstehen greift
er Jacke und Tasche. Da streift ihn kurz ein Blick
aus ihren grauen Augen. Zwei Moleküle hatten
sich aus dem Gesichtsblock gelöst. Verhaltenes
Nicken seinerseits zurück. Das war's. Jetzt ist die
Gelegenheit für eine Kommunikation vorbei. Ver-
flixt!

Erstaunlich ruhig verläuft seine Untersuchung.
Der junge Assistenzarzt agiert sehr konzentriert,
gründlich und lange (es kommt Herrn P. jedenfalls
so vor). Von ihm wird bloß ein richtiges Atmen ver-
langt, was ihm gut gelingt. Schließlich prüft die
Oberärztin noch einmal nach und bestätigt das
Ergebnis:

„Nichts Besorgniserregendes!" - Einatmen …
langes Ausatmen.

Mit der positiven Kunde beschäftigt passiert er
den Glaskasten, stutzt, hält an. Er hat sich geleert
… bis auf eine Person. Am abgeflauten Uferwas-
ser ragt sie empor wie ein Fels, an dessen Fuß
nur noch einige kleine Wellen klatschen, über das
abgelegte Strickzeug hinweg. Noch immer füllt sie
mit ihrer Dichte den Raum. An der Tür zögert er,
als sie unvermittelt die Augen auf ihn richtet. Aus
einem intuitiven Impuls heraus tritt er ein, wird ein-

fach hinein gespült, geht auf sie zu und sagt mitfühlend:

„Immer noch nicht dran?" Sie antwortet:

„Man hat mich wohl vergessen. - Schweigen - Ich habe Bammel vor der Untersuchung. Bin besorgt."

Während sie spricht, heben und senken sich ihre Schultern und verursachen ein leichtes Erzittern ihrer kompakten Oberfläche. Erschrocken nimmt er wahr, dass sich Steinchen aus ihrem Kristallgitter lösen und abbröckeln, am Kopf, auf der Brust, an den Händen und ihre Gestalt eine amorphe Masse zu werden droht. Das muss er verhindern. Und er setzt sich zu ihr und besänftigt sie, indem er seine eigene, gute ärztliche Diagnose erwähnt und ihr Hoffnung macht, dass auch sie heil hier herauskomme. Zustimmendes Lächeln belohnt seine Anteilnahme. Freimütig gesteht sie ihm, dem Fremden, dass sie als Leiterin eines Chemielabors immer hart im Nehmen war, jedoch im Moment Herzklopfen habe.

„Frau Feldspat, bitte! Entschuldigen Sie, dass es so lange gedauert hat.

Ringlein

… heiß brütete die Traumnacht zur Zeit der Ernte-Mahd

„Ringlein, Ringlein, du musst wandern von dem einen zu dem andern. Das ist hübsch, das ist schön. Lasst das Ringlein nur nicht sehn", sangen die Kinder im Kreis und warteten gespannt darauf, ob das Kind in der Mitte raten konnte, bei wem das Ringlein angekommen war. Hinter ihrem Rücken sollte es von einer Hand zur nächsten auf Wanderschaft gehen. Sie kontrollierten ihre Gesichtsmimik, damit das Raten umso schwerer fiele. Ein-, zwei-, dreimal ging es daneben. Manche stutzten. In welcher Richtung wurde das Ringlein denn gereicht? In unsere nicht. Bei uns war es auch nicht. Hat Traudi, welche beginnen sollte, es überhaupt weitergegeben?

Traudi hielt das Ringlein in ihrer kleinen Faust und schrie, als sie es ihr herausrissen. „Spielverderberin! Du machst nicht mehr mit." So stand sie abseits, ausgeschlossen aus der Gruppe, und sah mit verständnislosen Augen zu, wie das schöne Dingelchen seine Runde ohne sie drehte. Eine Wundertüte hatte es hervorgezaubert, mit himmelblauer Lack-Blüte, worin ein goldenes Kügelchen glänzte, als Krönchen: ein Vergissmeinnicht-Ringlein. Wie gerne hätte sie es besessen! Aber die Besitzerin war nicht gerade ihre beste Freundin. Und diese selbst schaute aus dem Kreis immer sehr vorwurfsvoll zu ihr hin.

Zu ihrem Geburtstag wünschte sie sich einen Ring. Die Eltern guckten verwundert, lachten und redeten ihr den Wunsch aus. Nach einer Woche wäre er sicher schon verloren gegangen, meinten sie. Vielleicht im Abfluss beim Händewaschen, beim Sport in der Schule und wer weiß wo noch. Wenn sie ein paar Jahre älter geworden wäre, ja, dann … Und spätestens bei ihrer Verlobung oder Heirat bekäme sie einen goldenen Ring. Bis dahin müsse sie sich noch ein Weilchen gedulden, ulkten sie und die beiden Brüder, älter und jünger als sie, äfften ihr nach: „ Ring haben, Ring haben."

Mehr Verständnis hatte die Großmutter Waltraude für das Mädchen, denn sie selbst war ziemlich beringt. „Ich bin der Magie der Ringe verfallen", erklärte sie der Enkeltochter, ihrer einzigen, wenn diese ihre Hand nahm und alle nacheinander abtastete und deren Geschichten hören wollte.

„Hast du schon meinen Namen in einer moderneren Fassung geerbt, erbst du auch mal meine Ringe, denn deine Mutter hat kein Faible dafür." Das sagte sie einige Male und Traudi gefiel es sehr. Mit der Zeit erzählte sie Großmama sogar selber schon die Bewandtnis um die Schmuckstücke, und jene staunte, wie gut sie alle Details behalten hatte.

Da war der Inka-Ring aus Peru, vor dem sie sich ein wenig fürchtete, weil das Gesicht des Inka-Herrschers so unbarmherzig blickte. Aber die silberne Krone mit dem runden Lapislazuli machte sein Aussehen wett. Auf ihrer ersten Auslandsreise hatte Großmutter ihn auf dem Markt einem Indio abgekauft.

„Er starrte genauso grimmig wie der hier. Wahrscheinlich war König Atahualpa sehr verzweifelt, als die Spanier sein Reich eroberten. Obwohl er ihnen drei Kammern voll Gold und Silber gab, richteten sie ihn grausam hin. Sein tragisches Schicksal berührt mich."

Zwei Ringe aus Indien waren groß und prächtig, Prinzessinnenringe. Türkis und Karneol schmückten sie. Mit zwei Torten auf Spitzendeckchen, süß und begehrt, verglich sie das Kind und sprach beide Namen genüsslich aus, indem sie das I und das O in die Länge zog, sodass Großmutter lachen musste.

Von einer Chinareise in ihrer zweiten Lebenshälfte brachte sie den schönsten Fingerreif mit, wie sie selbst urteilte, einen goldenen mit zwei grünen Jadeblättchen, am Rand leicht eingesägt, und roten Granatsteinchen als Blüte. Die chinesische Verkäuferin habe ein Antlitz von engelhafter Reine gehabt, so vollkommen wie der Mond habe es geschimmert, drum hätte sie kaufen müssen. Außerdem sei die Jade ein Schutzstein, weil sie Gesundheit und ein langes Leben verleihen könne.

Andere Ringe verblassten neben dieser Schönheit, wie zum Beispiel einer mit keltischem Unendlichkeitsknoten aus Irland. Aus einem urgroßmütterlichen Silberlöffel, Familientraditionen bewahrend, war einer geformt, und von den Kanaren brachte sie einen mit herzförmiger Perlmutteinlage mit. Wenig reizvoll fand Traudi einen mit pechschwarzer, ovaler Platte. Der sei aus Santiago de Compostela, auf einer Wallfahrt zum heiligen Jakobus gekauft, mit einem Gagat. Möglicherweise schreckten die fremden Wörter ab. Geäußert hat sie sich jedoch nicht, da sie Großmama liebte und verehrte und sie als eine weitgereiste und kluge Frau nicht verstimmen wollte. Früh verwitwet, führte jene ein freies, selbstbestimmtes Leben, ohne Geldsorgen, da ihr Mann, ein Bankkaufmann, für sie und das Kind opportun vorgesorgt hatte. Den Alltag verbrachte sie bescheiden, investierte dafür mehr in kulturelle Aktivitäten wie Reisen, Lesen, Opern- und Museumsbesuche. Ihre Tochter zeigte für derlei Unternehmen kein Interesse und verbrachte die Zeiten der mütterlichen Abwesenheit gerne in einer befreundeten Bauernfamilie mit mehreren Kindern.

Bei der morgendlichen Hausarbeit war die noch jugendlich wirkende Seniorin schmucklos. Ebenso bei der Gartenarbeit. Wie schnell rutschten die Kostbarkeiten von den Fingern und würden, schwuppdiwupp, von den Pflanzenwurzeln gefressen, witzelte sie. Auf Nimmerwiedersehen! Erst am Nachmittag trug sie die Schätze, aus Prinzip, wie sie gewichtig betonte, um sie zu schonen. Sie zeigte der Kleinen auch, wie man die Silberteile putzte, da Silber gern schwarz anlief, im Gegensatz zu Gold, das immer seinen Glanz behielt und deshalb das wertvollste Metall auf der Welt sei. Es sei von den Göttern geschenkt.

Waltraude wurde hinfälliger. Das Mädchen, erwachsener geworden, schaute täglich bei ihr vorbei und richtete das Notwendige. Ihre eigene Mutter war froh deswegen, denn sie bemerkte wohl, wie einträchtig die beiden miteinander gluckten. Umso mehr fühlte sie sich entlastet. Wahrscheinlich war es die gute Beziehung zur Großmama, die Traudi bewog, Altenpflegerin zu werden. Leider dauerte das gemeinsame Glück nicht mehr lange. Nach dem plötzlichen, friedlichen Herztod der Großmutter entsorgte die Mutter das Haus und ließ bis auf wenige Möbel-, Wäsche- und Geschirrstücke, welche die Enkelin noch retten konnte, alles entrümpeln. Unvermittelt schlug die Erinnerung an das frühkindliche Spiel in Traudis Bewusstsein ein, als man ihr das Ringlein aus den Händen gezerrt hatte, und es verfestigte sich die Haltung in ihr, sich zu wehren und zu bewahren. Mit Verwunderung nahmen die Eltern es hin, dass sie das Häuschen bewohnen und Miete zahlen wollte und auch tat. Sie nistete sich ein auf dem harten Reisig der Trauer, den spröden Halmen des Verlustes und sehnte sich nach den weichen Federchen tröstlicher Freude.

Durch eine an und für sich banale, für Traude, wie sie sich nun nennen ließ, aber äußerst deprimierende Tatsache trübte sich ihr Verhältnis zur Mutter ein. Diese hatte den Schmuck der alten Frau an sich genommen und würgte Traudes Anspruch darauf verdrießlich mit einem Papperlapapp ab. Sie sei schließlich die Alleinerbin. Es gäbe kein Testament, damit sei die Sache geklärt. Was sie im Übrigen mit dem wertlosen, alten „Zeugs" wolle? Auf die Frage der Tochter, was sie, die sich nie dafür begeistert hatte, damit wolle, reagierte sie widerborstig und schnitt ihr jedes weitere Wort ab. Ausgerechnet der Gagatring war von Mutter übersehen worden, er fand sich in einem kleinen Kästlein in einer Lade des Vertikos, ausgerechnet der, den das Kind für nicht begehrenswert gehalten hatte. Nun aber freute sie sich über das dunkle, geheimnisvolle Auge des Apostels, küsste es und trug es, silbern gefasst, am Mittelfinger. Vielleicht bringt es mir seinen Segen, wünschte sie sich.

In unmittelbarer Nachbarschaft zu den Eltern wohnend - sie hatten nach der Heirat auf dem großmütterlichen Terrain ein neues Haus gebaut -, litt Traude mehr und mehr unter deren rüdem Umgang. So erblickte sie eines Tages den Türkisring an der Hand der Freundin ihres älteren Bruders. Zum Geburtstag hatte diese ihn von ihrer künftigen Schwiegermutter geschenkt bekommen. Dagegen war ja nichts einzuwenden, aber ob ihre Mutter sie absichtlich damit treffen wollte, war zumindest eine berechtigte Frage, welche die Stimme der Großmutter, aus den Blättern des Apfelbaumes säuselnd, aber zugunsten ihrer Tochter kurz und bündig beantwortete: „Sie denkt und fühlt oberflächlich. Nimm' s dir nicht zu Herzen, mein Kind."

Bald machte sich in ihrem Seelenraum ein neues Gefühl breit, das alle anderen Emotionen daraus verbannte: Traude verliebte sich in einen jungen, gut aussehenden Mann. Seine gepflegte, schicke Statur und Garderobe fielen in dem bescheidenen Ambiente des Anwesens auf. Seine Manieren desgleichen. Sein beruflicher Erfolg strahlte in seiner männlichen Aura. Sein Name Carlo klang wie eine frische Morgenbrise. Seine Liebesbekundungen waren so ungewohnt und unerwartet, dass die junge Frau oft verlegen und befangen reagierte. (Das Possessivpronomen „sein" wurde zu ihrem Lieblingswort.) Er war einverstanden, vorerst mit ihr in dem kleinen Haus zu wohnen. Später würde man sehen ... Weil sein Heiratsantrag so schön war, so romantisch, so poesievoll (er zitierte ein Gedicht von Heinrich Heine), willigte sie sofort ein, obwohl sie ein leises Zweifelswürmchen an ihrem Herzen nagen spürte. Wieso mochte er ihre sparsame Art - schnörkellos im Wort, Umgang mit den Dingen, im Träumen und Begehren? Warum liebte er sie, die sich nicht für schön, gescheit und begehrenswert hielt? Die bisher von niemandem dieser Tugenden wegen bewundert worden war.

Innerhalb einiger Wochen hatte er die Zimmer neu möbliert (die Küche vom Feinsten) und ihre Einwände, nicht zu übertreiben, lachend beiseitegeschoben. (Unter keinen Umständen wollte sie Spielverderberin sein.) Großmutters Vertiko indes hatte sie ja behalten. Manchmal stand sie davor, strich wehmütig über das rötlichbraun gemaserte Nussbaumholz und sprach mit ihr, fragte sie, ob ihr Carlo gefiele. Eine Antwort gab diese jedoch nicht, sondern augenzwinkerte nur von dem Foto in dem nostalgischen, schwarzen Zierrahmen, der auf dem blank polierten Altertümchen stand. Nach der Arbeit wünschte sie gerne, auf der Bank unterm Apfelbaum auszuspannen, mit ihm über den Tag zu plaudern, die Blumenstauden zu wässern, die Abendvögel zu beobachten, einen Kräutertee zu trinken. Er bevorzugte, mit ihr auszugehen, zum nächsten Biergarten oder, wenn sie erschöpft war, am Laptop noch Geschäftliches zu erledigen. Dann saß sie allein, hing ihren Gedanken nach, drehte ihren, breiten, goldenen Ehering und summte das alte Lied vom Ringlein, zitterte ein wenig bei den entzündlichen Worten „… von dem einen zu dem andern …" und brach abrupt ab.

Ihre Eltern waren angetan von ihrem Schwiegersohn und seiner großzügigen Art, das Leben zu genießen. Alle seine Vorhaben bezüglich Renovierungen, Anschaffungen und Freizeitunternehmen begrüßten sie, voraussetzend, dass er genug verdiente, um sich das alles leisten zu können, zumal ja auch Traude monatlich mit ihrem Verdienst - wenn auch bescheidenerem - zu einer sorgenfreien Lebenshaltung beitrug. Öfter rieben sie der Tochter unter die Nase, wie viel unverschämtes Glück sie gehabt hätte, einen solch gewieften Typ ergattert zu haben, worauf diese schmerzlich schluckte, da sie auf die taktlose,

Aussage nicht angemessen plump und abwehrend reagieren wollte und lieber schwieg.

Die Zeit ging ins Land und ihr Mann veränderte sich. Seine Augen fingen an flattern, wichen ihren aus; sein Schlaf wurde unruhig; sein Appetit nahm ab. Wenn sie am Abend noch ein feines Pasta-Gericht kochte (beim Kochen lebte sich ihre Kreativität aus, die ansonsten weitgehend verborgen blieb), aß er kaum, wenngleich er sie lobte und mit Zärtlichkeiten überhäufte. Er liebe sie, betonte er, und es machte sie glücklich. Um ihn aufzumuntern, plante sie einen tollen Urlaub an der französischen Atlantikküste, den ersten überhaupt.

„Du arbeitest zu viel und musst mal ausspannen, abends guten Rotwein trinken, Muscheln essen ..." (Seine kapriziösen Vorlieben brachte sie bewusst ins Spiel, um ihn zu verlocken.)

„Nein, Traude, mein Schatz, wir können das nicht machen, ich ... ich bin pleite."

„Oh, wir können auch in unserem Land bleiben, an einem See ... oder - seine abweisende Reaktion bemerkend - uns es hier schön machen, Rad fahren, schwimmen gehen, ... du weißt, ich habe keine großen Ansprüche."

Während der Stille, die folgte, ahnte sie, dass etwas Schwerwiegendes den Raum belasten würde, unter dem er vielleicht einbräche; er war klein, wirkte wenig robust und stabilisierte sich nur in zufriedener, froher Gemeinschaft seiner Bewohner. Schließlich bekannte Carlo freiheraus seine geschäftlichen Fehlschläge. Er habe sich in einer großen Sache verkalkuliert und verloren. Die Firma habe ihn entlassen. Sein angeborener Trieb zum sorglosen Verschwenden, zum großzügigen Ausgeben habe ihn verleitet, unvorsichtig zu sein. Nun stehe er vor dem Nichts, sein Konto sei nahezu leer, den Kredit für das teure Auto könne er nicht mehr abbezahlen. - Knarrend ächzten die alten Deckenbalken.

Merkwürdigerweise wühlten sie seine Worte nicht sonderlich auf. Verwundert nahm sie seine Erscheinung wahr, seine Verwandlung während seines Geständnisses. Als schöben seine Hände die gewohnte Maske des Strahlemanns weg, kam ein fremdes Gesicht zum Vorschein, das sie seltsam anrührte. Blass und zerbrechlich wirkend, zuckten Mund und Augen, verschoben sich die straffen Linien auf Wangen und Kinn. Ihr kamen die Tränen und liebevoll wollte sie sich ihm nähern; er aber hielt sie auf Abstand, bat sie um Verständnis, sich zurückziehen zu wollen und verschwand im Arbeitszimmerchen. Bevor sie zu Bett ging, sagte sie ihm durch die Tür, die er verschlossen hatte, gute Nacht.

„Morgen Abend sprechen wir über alles. Es findet sich gewiss eine Lösung. Ich liebe dich."

Ein Briefbogen lag auf dem Küchentisch, als sie von der Arbeit kam. Ihr Mann war fortgegangen, aus Beschämung und Enttäuschung über sich selbst. Er wolle sein Leben ordnen, ohne ihre Hilfe. Es gebiete ihm sein Stolz. Das Auto könne sie verkaufen, um die Restschuld zu tilgen. Und er liebe sie. Sie sei eine wunderbare Frau, die er gar nicht verdient habe. (Erst die Backpfeife und dann ein Kuss. Verdammt, Mann!)

Seine Abwesenheit traf sie so sehr, dass sie erkrankte. Die Beruhigungstabletten ihres Arztes verhinderten ein völliges Zusammenbrechen, ein Abgleiten in einen komatösen Zustand. Dankbar nahm sie die teilnahmsvolle Fürsorge ihrer Mutter an. Ohne Häme und Vorwürfe stand sie ihr zur Seite. Ganz lieb, ohne Wenn und Aber. Ihr Vater regelte den Autoverkauf. Man bedrängte sie mit nichts, und das tat ihr gut. Alldieweil der Frühling kam, begann sie fiebrig mit der Gartenarbeit. Und auch das tat wohl. Mit besonderer Sorgfalt rechte, harkte, düngte und pflanzte sie ein paar neue Stauden. Die Knollen der Dahlien legte sie in tiefe Gruben und ersehnte ihr Blühen im Spätsommer herbei. Bei allen Tätigkeiten dachte sie an Carlo, sprach mit ihm über die schönen Erlebnisse mit ihm und beschwor ihn, wieder zurückzukehren. Große Suchaktionen startete sie nicht, wenn auch die guten Bekannten ihr dazu rieten.

„Ich lasse ihm die Zeit, die er braucht und bin in Gedanken bei ihm."

Eines Morgens bemerkte sie den Schwund ihres Eheringes. Aufgrund dessen krachte ihr Schutzwall zusammen und sie verfiel in tagelanges Weinen. „Ringlein, Ringlein, du musst wandern, von dem einen zu dem andern …", schluchzte sie, heulte Rotz und Wasser, wenn sie allein unter dem Apfelbaum saß, wenn sie die alten Fliesen im Flur putzte, wenn sie die Gewürzkräuter schnitt und allein im Bett lag. Fort der Mann, fort der Ring. Teufel auch! Welch schlechtes Omen! Der Ring hatte ihr Halt gegeben, Vertrauen, dass sich alles wieder einrenken würde. Wo nur kann sie ihn verloren haben? Hat Carlo seinen Reif noch am Finger, spürt er in ihm ihre Liebe und ihr Leid um ihn, ihr Versprechen, im Guten wie im Schlechten zusammenzubleiben?

Heiß brütete die Traumnacht zur Zeit der Ernte-Mahd: Sie befand sich unten auf dem Grund eines großen Flusses und stocherte suchend in den glitschigen Kieselsteinen herum. Dabei scheuchte sie kleine Fische aus dem grünlichen Wasser auf; die flutschten zwischen ihren Zehen davon. Manchmal hielt sie von tiefer Melancholie ergriffen inne und ließ die Wellen durch ihr Haar und die weitgespreizten Finger gleiten. Es war so kühl, und am liebsten wäre sie hier für ewige Zeiten sitzen geblieben, wenn nicht unverhofft eine Gestalt von der Wasseroberfläche auf sie hernieder geblickt hätte, umweht von schwarzem Schleier: die Großmama. Die fragte, was sie hier suche, und verfinsterte ihr Gesicht fast fratzenhaft bei der Antwort: „Meinen Ring und deine Ringe." „Meine liebe Rheintochter Woglinde, was klagst du um Verlorenes? Du solltest wichtigere Schätze heben." Sprach's und löste sich langsam auf bei Klängen, die Traude von irgendwoher kannte, dunkle, tiefe, rauschende Tonfolgen, die flussabwärts wogten.

Die Großmutter war wieder in ihr Bewusstsein getreten. Komisch, dass sie sich so lange nicht mehr miteinander unterhalten hatten. Carlos Abgang von der Bühne hatte sie voneinander entfernt. Womöglich, weil die Mutter in ihr Haus eingetreten war und ihr mütterlichen Beistand geschenkt hatte.

Wieso äußerte sich die „liebe Großmama" so abfällig, beinahe schroff über den Verlust ihrer Preziosen? Welche waren wertvoller? Rätselhaft! Verwirrend! Warum der strenge Blick? Ein Dämpfer für ihr Selbstmitleid? In ihrem Unbehagen grübelte Traude ernüchtert nach. Keine logische Erklärung findend, ließ sie es und versenkte sich stattdessen in das Traumerlebnis. Unversehens tauchte die Situation in ihr auf, als Waltraude - der Name einer der kampfmutigen Walküren - ihr einmal von der Sage des Rheingolds erzählte und von der Oper, die das Geschehen um den Verlust des Schatzes des Nibelungen so dramatisch in Szene setzt. Auf einer Schallplatte spielte sie dem Mädchen die Musik des Rheinwassers vor und schilderte ihr die Klagen der Rheintöchter, die das Gold bewachen sollten und es stibitzt bekamen. Ja, genau, Woglinde war eine der Drei. Sie hatte das W- Lied gesungen, das sie und Großmama im

Duett mit breiten Lippen nacharticulierten: „Weia! Waga! Woge, du Welle!", um dann in lautes und herzhaftes Gelächter auszubrechen. Noch andere W-Zeilen erdichteten die beiden auf dem himbeerfarbenen Plüschsofa. „Weia, weia, walle, Waltraudi! Weia, waga, weine, Wellgunde!" Zwerg Alberich, den Goldräuber, ärgerten sie mit: „Was willst du Wurm, du wüster Wicht? Du kriegst die Fische-Weiber nicht." So spaßten sie mit der Abwandlung der Richard Wagnerschen W-Alliteration.

Einmal aber betonte die Betagte bei diesen Spielchen sehr ernst, dass es keine größeren Schätze gäbe als geistige Kulturgüter, und man sie sich auch etwas kosten lassen müsse. Das Kind verstand das nicht, aber die junge Frau fing an, es zu begreifen. Allmählich setzte ein Prozess in Gang, ganz langsam, der ihr Denken umkrempelte.

Hatten ihre steten Mahnungen zu sparen Carlos Streben, sein Geld auszugeben, noch beflügelt, ihn noch mehr angestachelt, sich und der Welt zu imponieren? Wäre es richtiger gewesen, anstelle der halbherzigen Duldungen, mit ihm um Kompromisse zu streiten und welche zu schließen, gemäß Großmutters Lebensmotto: „Man muss ab- und zugeben." Das hieße, ein Mittelmaß finden, kein Übermaß und kein Untermaß. Infolge dieser Erkenntnis stieg eine warme Zuversicht in ihr auf, die ihr Tun wandelte.

Für jede Woche plante sie nun eine kulturelle Aktivität ein und schaffte eigens dafür ein Sparschwein an. Ohne Sparen ging es nicht, so ganz konnte sie sich nicht verleugnen. Mal besuchte sie einen Film, mal eine Ausstellung, kaufte ein Buch, gönnte sich einen Brunch in einem angesehenen Restaurant. Sogar in die Aufführung einer Mozart-Oper traute sie sich, wie ihr Name Traude, „die Starke" überhaupt auf einmal volle Wirkung zeigte. Ihrem Pferdeschwanz - seit Kindertagen gebunden - schwor sie ab und ließ ihre dunkelbraunen Haare locker über die Schultern fallen. Mit einem dunklen Lidschatten betonte sie ihre grünbraunen Augen. Neugierige Kommentare ihrer Eltern und Kollegen im Altenheim, sie suche wohl eine neue Beziehung, verneinte sie. Im Gegenteil, sie wolle ihre Ehe retten. Sie habe die Kurve gekriegt.

Draußen wurde es Herbst. Geerntet die Äpfel, verblüht die Dahlien, die Lieblingsblumen ihrer Großmama. Carlo bevorzugte Rosen in allen Farben. Also kaufte sie englische Duftrosen, um sie im Staudenbeet zu pflanzen. Jetzt war die Zeit dafür, bevor die ersten Fröste kamen. Mit dem Spaten grub sie die Dahlien aus und bestaunte die mächtigen Knollenstöcke. Einen davon wollte sie im nächsten Jahr in einen Kübel setzen, die Restlichen ihrer Mutter überlassen. Im letzten Loch blinkte etwas auf, als sie es zuschütten wollte. Sie wühlte und fasste ihren Ehering. Demnach war er ihr im April vom Finger gerutscht, unbemerkt und tückisch. Bewahrt unter der tiefroten Strahlendahlie. Mit größter Behutsamkeit rieb sie ihn an ihrer Gartenschürze blank, barg ihn in ihrer Hand und summte die alte, vertraute Kinderweise, um jäh zu unterbrechen:

„Nie wieder gehst du mir verloren! Nie wieder! Schluss mit dem Wandern von einem zum andern! Kinderlied ade! Der unselige Bann muss gebrochen werden.“

Vom Hörensagen wusste sie, dass Ringe oft unter den unmöglichsten Konstellationen wieder in Erscheinung treten, aber dass dieses goldene Glück ihr widerfuhr, war unglaublich. Fast sprang ihr das Herz aus der Brust, sie musste es halten, es zähmen.

Zur nahen Großstadt fuhr sie an einem Samstag mit der S-Bahn zum Shoppen. Sie brauchte eine neue Jacke, die alte war schon leidlich abgetragen. Nachdem sie ein modisches, ultramarinblaues, wollenes Stück und einen gelb gemusterten Schal gekauft und beide Teile sofort im Kaufhaus angezogen hatte, spazierte sie zum großen Fluss, um den Wellen zu folgen, ihren Schatz zu erspähen und die Schiffe zu beobachten. Ein Luxus-Kreuzfahrtschiff ankerte am Rand. Es hätte Carlo sicher gefallen. Ach, Carlo, wo bist du? Bitter schmeckte die Frage, und sie steuerte ein Bistro an der Uferpromenade an, um den traurigen Geschmack hinunterzuspülen. Unter der Markise saßen viele Leute, Einzelne, Paare. Leere Stühle waren rar.

„Hier ist noch Platz. Du kannst dich zu mir setzen." Die Stimme schwang aus fernem Raum, aus
ferner Zeit zu ihren Ohren und drang in die Ge-
genwart hinein und verkündete: Ich bin's. Carlo.

Geradeso als wären sie hier verabredet gewesen, ließ sie sich an seinem Tisch nieder, begrüßte ihn gerührt mit einem Wangenkuss und bemerkte dabei seine grauen Schläfen sowie eine
Narbe seitlich der Wangenknochen. (Wer hatte
ihm die Wunde verpasst? Oder hatte er einen Un-
fall?) Wortlos ließ sie ihren Körper die Überra-
schung und Freude über das Wiedersehen aus-
hauchen. Genauso verhielt sich Carlo, nahm einfach nur bewegt ihre Hände, drückte sie und errö-
tete beim Anblick des Ringes, der an ihrem Ring-
finger zu glühen begann. Endlich sprach er über
die Zeit seiner Abwesenheit. Anfangs sei er ob-
dachlos gewesen, habe in einer Notunterkunft für
Wohnungslose gelebt und sich mit seinem Ar-
beitslosengeld über Wasser gehalten. Durch Zufall
sei er einem alten, alleinstehenden Schulfreund
begegnet, der ihn ohne Brimborium bei sich aufgenommen, ihm damit einen Wohnsitz verschafft
habe, um wieder Chancen auf eine Beschäftigung
zu kriegen. Einige Aushilfsjobs boten sich ihm an.
Und gestern habe er eine Stelle in einer Baufirma
bekommen, als Buchhalter, was ihn überaus
glücklich mache.

„Carlo, dann kannst du ja wieder heimkehren. Dies würde m i c h überaus glücklich machen. Habe ja nun lange genug gewartet, nicht wahr?"

„Hast du das wirklich?"

„Ganz ehrlich, jeden Tag."

„Du siehst nicht nur aus wie ein Vergissmeinnicht, du bist eines." (Nun bin ich leibhaftig zum Ringlein meiner Kindheit geworden, lächelte sie.)

Warm schien die Herbstsonne; Biere schwappten über; Brücken-Liebesschlösser schnappten zu; die Schlüssel dazu pfeilten in den glitzernden Fluss und häuften sich als neues Rheingold und Rheinsilber da unten auf; Verliebte küssten sich; in den Gläsern funkelte der Wein; eine Domglocke läutete zu Mittag; frech pickten die Spatzen unter den Tischen; Brunnentauben gurrten miteinander; die Schiffshupen krächzten ihre atonalen Signale über den Fahrrinnen. Mime, der uralte Schmied der Nibelungen, fertigte auf einem Brückenpfeiler aus all den sich offenbarenden, guten Kräften der Dinge und Wesen einen strahlenden Reif, gravierte geheime Runen der Liebesmagie darauf und warf ihn mit riesigem Schwung über die beiden, um sie zu einen.

Der Verlorengegangene zog wieder bei ihr ein. Sein Freund war behilflich und lernte Traude und ihr Heim kennen. Sie bot ihm für immer und ewig Gastfreundschaft an, aus Dankbarkeit, dass er, ein Mann aus gutem Holz geschnitzt, Carlo so unbürokratisch, selbstlos unterstützt hatte. Hm! Köstlicher Bratapfelduft - Früchte vom großmütterlichen Apfelbaum - durchströmte das Haus und aromatisierte ihr Versprechen.

Eine heilende Atmosphäre herrschte im Haus. Nach und nach teilten die Eheleute sich gegenseitig mit, was ihnen in den vergangenen Monaten widerfahren war, was sie physisch und psychisch verletzt hatte. Das war Balsam auf ihren Schrunden. Tunlichst vermied er unnötige Geldausgaben zu tätigen, akzeptierte aber amüsiert das Sparschwein, das dosiert Kultur-Bereicherung mit Vergnügen ermöglichte. Traudes lockerer Umgang mit sich, mit ihm und den diversen Angelegenheiten, von einer nur seiner Frau eigenen Art der Leichtigkeit des Seins, verblüffte ihn angenehm. Bei ihrem Vorschlag, am kleinen Wohnzimmer einen Wintergarten anzubauen, war er aus dem Häuschen und ging sofort in die Planung.

„Über die Ausmaße diskutieren wir noch. Es muss stimmen, Carlo. Das siehst du doch auch so, nicht wahr?"

„Alles im rechten Maß, mein Liebchen", schäkerte er und schwor mit Sparaugen-Aufschlag auf ihren Wahlspruch, was sie mit einem Knuff erwiderte.

Großmama schmollte und flüsterte: „Ein Wintergarten? Hätte mir auch gefallen."

Weihnachtsmantra

… einfach nur da sein

Wie alljährlich bot das Heim für obdachlose Männer am Heiligabend Nachmittag, 17 Uhr, eine Christmette im Andachtsraum im fünften Stock des alten Gebäudes an. Wie immer trafen die Teilnehmer langsam und verspätet ein. Wie immer war die Zeitangabe nur als vages Fixum gedacht. Die Organisatoren konnten ab- und zugeben. Denn manche Bewohner mussten erst mal Mut fassen, besser gesagt, dem Flaschengeist opfern. Einige Gäste waren gekommen, auch zwei Flötisten (ehrenamtlich engagierte Freunde des Hauses), um die Gesänge zu harmonisieren.

Nahe der Tür stand der Pater bereit, wie ein kleiner, alter Hirte am Eingang seines Schafstalls beim Reinschubsen seiner Herde, im Messgewand und mit Predigttext in der zittrigen Hand. Freundlich nickte er jedem eintretenden Besucher zu. Geduldig auch auf den Allerletzten wartend. Die Stuhlreihen in dem Zimmer waren nicht gefüllt. Aber eine kleine Gruppe war doch zustande gekommen. In der Ecke brannte eine rote Kerze an der Krippe, nur aus Maria, Josef und dem Kind bestehend; grüne Kiefernzweige beugten sich über das Dach. Der Altartisch war von vier Kerzenleuchtern erhellt. Das liturgische Geschehen hatte seinen bescheidenen aber gemäßen Rahmen, nicht vergleichbar mit Glanz und Gloria anderer kirchlicher Hochamtsräume mit Orgel, Chor und Messdienern. Karg eben, wie es dem Leben der hier Wohnenden entsprach.

Zu den Fürbitten nach der Predigt, die einige nachdenkenswerte Impulse aussandte, hielt man sich an den Brauch, Teelichter für die in diesem Jahr verstorbenen Männer anzuzünden. Sie standen vorne auf dem Tisch bereit. Die Tochter eines Flötisten trug die Streichhölzer, trat nach Nennung des Namens vor und tat ihren kleinen, ehrenvollen Dienst.

„Dieses Jahr wollen wir auch zweier verstorbener Mütter gedenken", sagte der Heimleiter, nickte den beiden Bewohnern zu, die es betraf, und bat sie nach vorne, um die zwei noch verbliebenen Kerzchen anzustecken.

Der erste, Nico, war ein ranker, schwarzhaariger Italiener. Schon von Beginn der Messe an war er ins Weinen gefallen und schluchzte nun gotterbärmlich in seine Hände. Was ihn an Erinnerungen an seine „Mamma" heimsuchte, war schwer zu erraten. Aber alle hatten Mitgefühl für ihn, als er den schmerzzerzausten Kopf schüttelte und murmelte: „Ich kann nicht" und sich weiter in das von einem Betreuer nach hinten gereichte Taschentuch schnäuzte. Einige gute Worte von diesem ließen den Tränenfluss langsam versiegen.

Der zweite, Juppi, zögerte, als er vortreten sollte, und sagte dann: „Nö, iss ja schon genug, dass ich da bin." Die Antwort verblüffte alle, regte alle zum Nachsinnen an, teils schmunzelnd wegen der ehrlichen Aussage, teils ratlos wegen ihrer Uneindeutigkeit.

Beide Männer erlebten - jeder auf seine Weise -, wie das Mädchen die Kerzen entfachte, und die Gemeinschaft um die ewige Ruhe ihrer Mütter betete. Es ist denkbar, dass einige Anwesenden innerlich noch mit der knappen Antwort von Juppi beschäftigt waren. Jedenfalls gab eine Frau nach der Mette beim Abendfestmahl zu, dass ihre Augen von Juppi auf Josef in der Krippe abgeschweift seien, als einen Augenblick lang die Krippenkerze, wie durch einen Windzug angefeuert, hochflackerte, ihren Schein auf Josefs Gesicht warf, und sie plötzlich wie miterleuchtet dessen Rolle im Heilsgeschehen verstanden hätte: Maria und Jesus im Zentrum der Verehrung und er im Hintergrund murmelnd: „Ist ja schon genug, dass ich da bin." Leider ist der Ausspruch nicht dokumentiert als Bibelzitat. Überliefert ist jedoch Gottes Offenbarung seines eigenen Namens an Moses auf dem Berg Horeb: „Ich bin der ´Ich- bin- da´".

Ein altes Elternpaar erfuhr zu Hause bei der Familienbescherung seine Katharsis, als ihre Kinder und Enkel äußerten, sie möchten die alten Rituale mit Singen, Evangelium Vorlesen und Geschenkeverteilung mit Glöckchenklang nicht mehr: „Ist ja genug, dass wir da sind".

Einfach nur da sein! Heilsames Weihnachtsmantra eines Obdachlosen.

Weihnachtsgedicht, alternativ

… was hat der am Heiligabend unterm Christbaum verloren

Ob es jemals aufhört, dass Eltern und vor allem Großeltern sich wünschen, die Kinder und Enkelkinder sagten am Heiligabend unterm Christbaum etwas auf? Sicher wäre es eine interessante Studie, da einmal nachzuforschen. Es könnte in der Zeit der klassischen Bildungsepoche von Goethe und Schiller passiert sein, dass Kinder ihre Gedächtnisleistung, ihre literarische Kenntnis zum Besten geben sollten. Natürlich in den Augen und Ohren der Festgesellschaft völlig freiwillig und gerne. Wer es erlebt hat als Kind, der weiß darum. Viele folgen, verlegen und leicht beschämt, obwohl der Grund für diese gestelzte Selbstdarstellung so gar nicht bekannt ist. Manche tun es problemlos (spätere Schauspieler, Parlamentsredner, Professoren). Einige aber verweigern sich einfach, trotzen gutem Zureden und Bitten (die Renitenten). Wie schön muss es doch im Mittelalter gewesen sein, wo man noch gar keinen Weihnachtsbaum hatte und man einfach nur ein warmes, sattmachendes Abendessen miteinander aß (vielleicht etwas reichlicher als sonst mit einem Brocken Fleisch), bevor es gemeinsam zur Mette ging. Man konnte ja auch noch nicht lesen, weil es nur die handgeschriebene Bibel gab. Und daraus lasen nur die Mönche die Weihnachtsgeschichte nach Lukas. Das wäre eine goldene Kinderzeit gewesen, wenn nicht andere Nöte und Beschwernisse dies verhindert hätten.

Heute immer noch gängig sind zum Beispiel die Gedichte Eichendorffs und Theodor Storms. Wer

kennt nicht „Markt und Straßen stehn verlassen"
und „Von drauß vom Walde komm ich her ..."?
Auch Robert Reinick ist zur Weihnachtszeit wieder
hochaktuell mit „Die Nacht vor dem Heiligen
Abend ..." „Ein Tännlein aus dem Walde ..." gehört ebenso zum Weihnachtskulturgut, wobei
kaum jemand seinen Verfasser Albert Sergel
kennt. Dagegen ist Rainer Maria Rilkes Vers „Es
treibt der Wind im Winterwalde ..." mit seiner Alli-
teration Weltkulturerbe, jedenfalls gefühlt.

Einen dieser so hochgeschätzten Reime wird
das Kind doch in seinen Kopf kriegen! Wenn die
Schule es nicht schafft, dann halt die Elternnach-
hilfe. Im Advent können sie sich ja mal um das
Kind und seine Bedürfnisse kümmern. Das heimli-
che Gedankenspiel der Großeltern und anderer
anspruchsvoller Erwachsener. Zur Ehrenrettung
dieser Spezies: Es gibt auch solche, die nichts
erwarten.

Zuweilen erlebt man Überraschungen und erhält
Denkanstöße. So geschehen bei der Heiligabend-
Feier einer Familie mit zwei Söhnen, wozu die
beiden Großmütter und Onkel eingeladen waren.
Die angereisten Gäste waren froh, dem starkböi-
gen Dezembersturm ohne Schaden entkommen
zu sein und begaben sich in die wohlige Wärme
des Hauses. Nach dem feinen Abendessen mit
Karpfen stand die Bescherung an; in der dunklen
Stube erstrahlten die Christbaumlichter, nebst einiger Kerzen auf der Fensterbank und auf der An-

richte. Geschenkpakete unterm Baum verlockten die beiden Jungen zum Zugreifen, als eine Großmutter fragte, ob denn kein Gedicht aufgesagt werden würde. Nur vage äußerten sich die Eltern und hoben dabei die Schultern. Der Ältere verneinte betreten. Der Jüngere meinte nach kurzem Zaudern, doch ja, er wolle, stellte sich vor den Baum und begann: „John Maynard von Theodor Fontane"

Nach anfänglichem Ganzkörperzucken (ob man mit dem Gedanken rang, den Vortrag abzubrechen?) ließen sich die Anwesenden auf die lange Ballade des bekannten Dichters ein. Hat er nicht auch von den Birnen des Herrn Ribbeck auf Ribbeck im Havelland geschrieben? Aber John Maynard? Das dramatische Heldenepos über den amerikanischen Steuermann, der das brennende Schiff durch den Eriesee schipperte, es bis zur Küste schaffte, die Menschen rettete und selber in den Flammen starb, bis zu allerletzt ausharrend in Rauch und Qualm.

Der Junge sagte es schön auf, betont. In seine muntere Stimme klatschte draußen ein eisiger Sprühregen auf die Terrassenfliesen hernieder. In dem Gemisch von Helle, Schattenflecken und Schneeschlieren auf der Fensterscheibe schien das schwarzverkohlte Gesicht John Maynards hereinzublicken, eher wie ein Schreckgespenst als ein Engel im lockigen Haar.

Im Unterricht hatten sie das Gedicht besprochen und mussten es auswendig lernen. Vor Jahrzehnten quälten manche Pädagogen die Schüler mit Balladen-Pauken: „Die Füße im Feuer", „Die Kraniche des Ibykus", „Des Sängers Fluch" (Fluch auch dem Lehrer!), „Das Lied von der Glocke". Landauf, landab ertönte Schillers Gedicht.

„Das hast du schön vorgetragen, vor allem ein so langes Gedicht." Innerlich gab sich die Großmutter einen Ruck und formulierte so anerkennend wie sie konnte, ihr Unbehagen über den „Stilbruch", Schiffbruch möchte man feixen, verbergend. John Maynard! Was hat der am Heiligabend unterm Christbaum verloren?

„Darf ich euch auch eins vortragen? Mein Lieblingsweihnachtsgedicht." Alle nickten und fanden ihre Reaktion gut. Anstatt zu nörgeln, löste sie ihr Problem auf positive, aktive Weise. Wohlwollend lauschten sie den geheiligten Versen von Markt und Straßen und dem hehren Glänzen über der Welt.

Während ihrer Heimfahrt - der Wind hatte sich besänftigt - sann die Großmutter nach über die längst verschollene Ballade, die anscheinend immer noch in den Lehrplänen verankert ist. Eigentlich schön, dachte sie. John Maynard war gewiss ein Held für die Schüler. Ob Vorbild? Wäre zu viel behauptet. Aber weiß man's? Jedenfalls hat der Enkel sie für passend befunden, ob bewusst oder intuitiv, hat am Christfest den Retter der Welt ge-

ehrt mit einer Geschichte von einem wetterge-
gerbten Mann, der einfach nur eine hohe Arbeitsmoral hatte und seiner Verantwortung für die
Menschen auf dem Schiff gerecht werden wollte.
Einfach nur? Arbeitsmoral? Verantwortung? Rar
gewordene Werte.

Fester als sonst hielt sie das Steuer ihres Autos
in der Hand und zitierte leise den letzten Vers, den
sie sich eingeprägt hatte:

„Hier ruht John Maynard. In Qualm und Brand

hielt er das Steuer fest in der Hand,

er hat uns gerettet, er trägt die Kron',

er starb für uns, unsre Liebe sein Lohn.

John Maynard."

Sie war überzeugt, dass auch die heilige Krip-
pengesellschaft samt Ochs, Esel und Hirt tiefe
Freude über den passenden Vortrag gehabt hatte.

Weihnachtliche Misstöne

… dort, im dunklen Dickicht, droht kein Durch

Ach du Sancta Cäcilia (Patronin der Musizierenden)! Hättest du das nicht verhindern können? Ihrem Bedürfnis zuliebe? Sie hatte sich so gefreut auf das Konzert! Ein Benefiz-Konzert für „Menschen in Not ". Veranstaltet von einem heimischen Frauenchor. Ein Weihnachtskonzert mit Chor, Solosängern und Solo-Instrumentalisten, speziell jungen. Zu einer günstigen Zeit am Nachmittag. Bei sonnigem, kaltem Dezemberwetter. Ein Unternehmen ganz für sich allein!. Zum Abschalten von den Aktivitäten im Büro, in der Küche, in den Läden. Zum Eintauchen in die weihnachtlichen Gefühlssphären.

Aber die heilige Cäcilia war anscheinend wirklich blind auf den Augen, dass sie das Ansinnen der Frau, sich innigst den traditionellen Weihnachtsliedern zu ergeben, dem Gesang zu huldigen, nicht gesehen, natürlich nur mit ihren spirituellen Augen, und das Vorhaben nicht gewährleistet hatte.

Die Plätze im Foyer des Rathauses - ein moderner Bau - waren fast alle schon belegt, als sie es betrat, obwohl es noch eine halbe Stunde dauern sollte bis zum Auftakt. In der Provinz sind die Leute immer pünktlich, weil schlau. Sie wissen sich rechtzeitig einen guten Platz zu ergattern. Nur die gesellschaftliche Elite, Bürgermeister, Ortsvorsteher, Parteivorsitzende, Pastor, Schützenvereinsobere etc., braucht nicht zu eilen. Für sie ist in der vordersten Reihe reserviert.

Gab es denn überhaupt was zu sehen? In einem Konzert? O, wohl! Da waren die aufgeregten Chorfrauen mit ihren leuchtenden Einheitsschals, von denen man die eine oder andere kannte, aus der Nachbarschaft, aus der Gymnastikgruppe. Die engagierte Dirigentin, die so exaltierte Arm- und Handbewegungen kreiert. Die Pianistin, die jung und hübsch auf den Tasten klimpern kann. In ihrem schwarzen Voile-Kleidchen. Und die Primadonna, eine studierte Sängerin, welche das „Tochter Zion" in den höchsten Tönen meistern würde. Das muss man nicht nur hören, das muss man sehen! Die Gäste: manche festlich gekleidet, manche straßenmäßig locker. Bekannte: bevorzugte und weniger gern gesehene. Wichtigstes Objekt der Sehbegierde jedoch der hohe, mit Kerzen geschmückte Weihnachtsbaum inmitten des weiten Raumes, der, wenn die Deckenlichter gedimmt würden, seine volle Wirkungskraft entfaltete. Visuelle Typen brauchen das Erfassen mit den Augen. Genau beäugen sie die Gesichter der Chormitglieder, wie sie den Mund bewegen, die Augen, die Wangenmuskeln, den ganzen Kopf und die Schultern, wie sie die Notenblätter halten, ob sie abgelenkt sind von irgendwas. Verbinden sich alle Eindrücke mit den Tönen, ist dann der Kunstgenuss vollkommen.

Erleichtert fand die Frau, die sich so sehr auf das Hör-und Seherlebnis eingestimmt hatte, noch einen freien Stuhl in der hinteren Reihe auf der seitlichen Erhebung. Direkt vor ihr befanden sich auch noch zwei leere Stühle, als Mantelablage genutzt. Wunderbar! Der Ausblick war gesichert. Alle Konzertakteure samt Christbaum waren zu erkennen. Ach herrlich! Zurücklehnen und tief atmen, den Weihnachtsgeschmack vorkosten! Die bereits eingetretene Ruhe, wie nach Zimt und Nelken riechend, vertiefte das Wohlgefühl.

In den letzten Sekunden, als alle schon den Atem anhielten und die Hände zum Klatschen in Position gebracht hatten zum feierlichen Einzug des Chores, öffnete sich die Eingangstür. Eine kräftige Frau betrat mit ihrem erwachsenen Sohn den vor Stille knisternden Raum und pirschte schnurstracks auf die schon erwähnte Plattform zu. Er hatte Mühe, ihr zu folgen, mit unkoordiniertem, schaukelndem Schritt, was eine körperliche Behinderung anzeigte. An zwei alten, zierlichen Damen quetschten sie sich vorbei und platzierten sich auf den beiden leeren Stühlen genau vor der bis eben so zufriedenen Konzertbesucherin. Er stellte sich noch einmal und zog ungelenk seine dicke Steppjacke aus. Er, von sehr großer und breiter Statur, stand da wie ein Schrank. Seine graue Pullover-Plane füllte total alle Zwischenräumchen in ihrem Sichtfeld aus. Beugte sie sich weit nach links um ihn herum, hatte sie eine tragende Raumstützsäule vor Augen, die den Tannenbaum und die Dirigentin abschirmte. Der Chor würde zu einer fern versiegenden Stimmquelle. Außerdem kämpfte sie schon mehrere Tage mit Nackensteife. Schief sitzen war also tabu.

Widersprüchlichste Gedanken bestürmten sie; schufen ein wirres Chaos in Herz, Hirn und Nervenbahnen. Situationen tauchten aus der Erinnerung auf, in denen sich ähnliche Enttäuschungen abgespielt hatten: Sie wollte sich den schönen Mantel kaufen, es gab ihn nicht mehr in ihrer Größe und stattdessen erschwang sie sich einen Schlafanzug, der bei der nächsten Wäsche eine Nummer einging. Die tolle Reise an den Lago Maggiore war ausgebucht und sie begnügte sich mit einem Kurzurlaub an einem dunklen Eifel-Maar. Bei jedem Frust knallte der bunte Luftballon ihrer Vorstellungen und hing in Fetzen in ihrem Gefühlsgeäst. Obwohl sie in Meditationen übte, ihre Erwartungen loszulassen, fiel es ihr dennoch immer wieder schwer, dies zu tun. Der Verdruss trumpfte nun auch wieder auf, wurde jedoch zurückgepfiffen von der Vernunft, sie habe keinen Anspruch auf ideales Sitzen und Hören, weil die Sitzplätze nicht nummeriert seien, und wenn, könnte einem d a s auch passieren. Wirklich hatte sie die gleiche Konstellation schon mehrmals im Kino und in der Oper erlebt. Unbehagen, Desillusionierung stritten mit Duldung und Gelassenheit.

O Tannenbaum, wie grün sind deine Blätter … Wo bist du, Tannenbaum? Hinter der Säule, hinter einem dicken, schwarzen Mähnenkopf? Schlimmstenfalls hast du soeben durch meine Schockwellen alle deine Nadeln verloren.

Maria durch ein Dornwald ging … Dort, im dunklen Dickicht, droht kein Durch.

Süßer die Glocken nie klingen … Schwer klang der Atem des jungen Mannes mit (sicher anstrengend für ihn bei seinem Körpergewicht hier in der Enge und Hitze des Saales; er schwitzte und dünstete Schweiß aus).

Wie schwer fällt es doch, eigene Ansprüche zurückzuschrauben, Pech, Unannehmlichkeiten zu ertragen, die nun mal gegeben sind? Wie rettet man sich heraus, wie kann man kompensieren? Sich einzubilden, blind zu sein, nur hören zu können, war auch keine Lösung.

Bei dem beliebten Song „Weißer Winterwald" gegen Ende der Darbietungen stimmte das mächtige Duo vor ihr kräftig mit ein, er im Bass, sie im Alt und bei „… am Kamin ist ein Plätzchen, das gehört unserm Kätzchen …" schienen sie selig zu sein im Gegensatz zu ihr, in ihrem Katzenjammer-Debakel, in dem sie zu ihrem eigenen Erschrecken klägliche Miau-Töne aus dem Chorgesang heraus vernahm, als säße ein halbverhungertes Kätzchen unterm Tannenbaum und bettelte um ein Schälchen warme Milch. „Wir fühlen uns ganz wie Gretel und Hans …" Ja, ja doch! Fehlt nur noch, dass Lebkuchenherze von der Decke fallen! Miau! Na ja, wenigstens sie waren „ voll gut drauf". Ja, sie hatten doch alles Anrecht der Erde, hier glücklich zu sein. Das Kätzchen hatte ein essbares Bröckchen gefunden und begann zu schnurren ...

Es schmolzen die eisigen Einwände der Frau in den warmen Strahlen ihrer aufgebrochenen Empathie dahin, ein bisschen beschämt wegen ihrer ungnädigen Haltung, die nun von den missbilligenden Gesichtern anderer Besucher widergespiegelt wurde, welche den Nebengesang unkultiviert oder unanständig fanden, und ein wenig entlastet, doch noch die Kehr bekommen zu haben. Worin zeigt sich der weihnachtliche Geist, der ein ganzes Jahr wehen sollte, mehr als guten Willens mit jedermann zu sein, und sei er auch noch so verschroben oder geschmacklos. Ein schönes Konzert spielt beim Warten auf den Friedensfürst wahrlich nicht die erste Geige.

Unter einem weit herunterhängenden Zweig des Tannenbaums lag das Kätzchen und schlief.

Weitere Bücher von Lisett Erden im BoD Verlag

Die Augen des Eremiten

Kurzroman

Göttliche Gaben Bd. 1 Die Fähigkeit zu glauben

ISBN 978-3-7386-5152-2

Der Krug aus Kerman

Kurzroman

Göttliche Gaben Bd. 2 Die Fähigkeit zu lieben

ISBN 978-3-8391-4471-8

Die Treppenfrau

Roman

Göttliche Gaben Bd. 3 Die Fähigkeit zu hoffen

ISBn 978-3-8391-5305-5

allerorten lebensfunken

Gedichte

ISBN 978-3-7412-5340-9

Winterkost

Gedichte und Kurzgeschichten

ISBN 978-3-7448-8161-6

Die Autorin wurde 1940 in Zweibrücken / Rheinland-Pfalz geboren und wuchs dort auf. Heute lebt sie mit ihrer Familie in der Kolpingstadt Kerpen / Nordrhein-Westfalen.

Neben dem Schuldienst im In- und Ausland (Santiago de Chile) bildete sie sich weiter zur Bibliodrama- und Meditationsleiterin.

Unter dem Autorennamen Lisett Erden veröffentlicht sie ihre Bücher.